KB110286

살다보니

살다보니

발행일 2023년 12월 12일

지은이 고재경
펴낸이 손형국
펴낸곳 (주)북랩
편집인 선일영 편집 윤용민, 배진용, 김부경, 김다빈
디자인 이현수, 김민하, 임진형, 안유경, 최성경 제작 박기성, 구성우, 이창영, 배상진
마케팅 김회란, 박진관
출판등록 2004. 12. 1(제2012-000051호)
주소 서울특별시 금천구 가산디지털 1로 168, 우림라이온스밸리 B동 B113~114호, C동 B101호
홈페이지 www.book.co.kr
전화번호 (02)2026-5777 팩스 (02)2026-5747

ISBN 979-11-93499-88-7 03810 (종이책) 979-11-93499-89-4 05810 (전자책)

살다 보니

고재경 지음

북랩

작가의 말

살다보니…….

어느새 오랜 시간을 지내 왔나 봅니다.

어떻게 살았느냐도 중요하지만 어떤 사람들과 함께 어울려 살아왔느냐가 더 중요하다는 생각이 드네요.

무딘 손인 줄 알면서 어디서 용기가 생긴 건지, 나이가 주는 용감함이겠지만 감히 글을 써 보겠다는 무모함으로 살아온 생에서 남겨 두고 싶은 이야기들을 써 보았습니다.

생의 마지막 직장을 퇴직하고 글을 쓰는 과정이라 그런지 같이 지내던 사람들이 많이 떠오르네요.

이름이 '원철'이라 철원에서 군대 생활을 했다며 투덜거리던 아날로그의 대명사같이 그 오래전 상암동의 옥수수 밭과 개울물이 어울릴 것같이 좋은 사람, 짧은 군 생활에도 불구하고 노래도 군가만 부르며 투철한 애국심의 좋은 친구 최 반장, 마치 발 빠른 당번병을 연상케 하는 학사 장교 출신이자 우리 모두의 해결사 윤 반장, 경상도 말에 얼빵 한 게 당수 9단이라며 자주 놀렸던 순박함의 대명사 박 반장, 항상 나와 아내의 병원 상담을 해 주며 정이 많고 친절하고 마음 여린 내 친구 강 반장. 이러한 사람들과 내 인생의 마지막 직장 생활을 마무리했다는 것이 큰 기쁨과 행복이었으며, 이에 자부심을 가집니다.

남을 위해 싸우는 사람은 나를 위해 싸우는 사람을 이길 수 없다고들 합니다. 하지만 나를 위해서가 아닌, 우리를 위해 싸우는 사람은 누구보다 강하다는 걸 모르고 한 이야기일 것입니다.

나의 생애 마지막 직장 5년은 우리 모두를 위해 함께한 시간이었기에 참으로 소중했습니다.

이 글을 읽는 나의 모두에게 말하고 싶습니다.

당신들이 내 곁에 있었기에 나는 참으로 행복한 삶을 즐기고 있습니다.

특히 1977년, 군 시절부터 우정이 변치 않는 친구들에게 진심으로 고마움을 표합니다. 아프리카 대륙을 누비며 해양수산업으로 국위 선양과 경제 발전에 이바지하며 성실과 노력의 아이콘으로 성장한 나의 친구 '뉴 삼진수산' 대표 김용구, 군대 전역 후 부대 근처의 여고생이었던 어여쁜 부인과 결혼하여 행복하게 사는 모습을 주변에 보여 주는 권수, 평소의 여유로움과 성실함으로 삼성그룹에서 일하다가 드물게 정년퇴직을 한 영호, 청주에서 법무사 1기생으로 합격 후 성실하게 살고 있는 친구 동열. 그 외에도 대전의 김시경, 이재경. 모두에게 함께들 살아옴에 감사드립니다.

33년 동안 서울시청, 수도사업소, 주민 센터, 도로사업소 이 모두를 거쳐 공무원 생활을 지내고 보니 꿈만 같은 나날들이었습니다.

족보에 함께 올라 있는 나의 할아버지 고광림, 공부를 안 했느냐며 놀림을 당한 노수업, 도윤, 만영, 만혁, 성남, 종우, 만수 모두가 좋은 동료였습니다. 이 자리를 빌어 다시 한번 감사드립니다.

긴 시간 좋은 인연으로 나의 곁에 머물러 준 고마운 사람, 택시업계의 큰 그릇이 되실 김병이 사장님에게도 감사함을 전합니다.

어릴 적 먼지 나는 운동장을 함께 뛰어놀던 동창들, 보고 싶습니다. 이제 다들 시간적 여유가 있을 것 같지만 아직은 마음의 시간 여유가 많지는 않네요.

대구의 너무 날씬한 몸매를 자랑하는 친구 정한, 빠른 시간에 보기에도 건실한 몸매의 건강을 기원하네. 그리고 통통한 몸매의 소유자 인테리어 사업가 시백이, 서울에 사는 동창 모임 멤버들인 정환, 순호, 순택, 홍식, 홍기. 자네들이 내 곁에 있어서 행복을 맛보게 하네. 특히 내년이면 많은 나이라며 함께 해외라도 나가자고 우겨서 함께 다낭을 다녀온 성태, 대천, 충근. 생애 잊을 수 없는 기쁨의 여행이었네.

나이를 충분히 먹은 후에 만났음에도 서로를 배려하며 나 자신들을 내세우지 않는 친구들, 경찰 간부 출신이라는 딱딱함이 보이지 않는 좋은 친구 광범, 광욱의 부부 모임. 나는 이 모임이 참 좋습니다.

모든 게 지나고 나니 마치 한여름 저녁노을을 보고 툭툭 털며 일어서는 마음이 드네요.

황홀한 붉은 저녁노을을 보러 명소를 찾아갔다가 못 보고 돌아설 때가 많았지요. 그땐 안타까운 마음이 컸는데 이제 와 생각하니 내가 안 보면 어떠한가? 내가 아닌 누군가 그 아름다움을 볼 것이고 아니면 또 다른 내가 그 아름다움을 보겠지요.

그리고 그 아름다운 노을은 영원히 그 자리를 떠나지 않듯이 우리 모두는 떠나지 않는 영원함을 함께할 것입니다.

그대들, 앞으로도 모두 좋은 사람으로 함께해 주세요.

고맙습니다.

여러분의 친구로 남고 싶은

고재경 드림

목차

PART 1

아버지 1

나는 늙음을 배울 수가 없었다

1968년 7월 8일

참으로 일찍 찾아온 무더위로 꽤 더운 날씨였다.

14살의 어린 나에게 한마디 말도 없이… 죽음이 무엇인지 모르는 나에게 하나의 설명도 없이 아버지는 돌아가셨다.

그날 아침, 수련장을 사야 한다고 조르는 소릴 들으시고 낮고 작은 목소리로 어머니에게 말했다.

"애 돈 줘라."

마지막으로 아버지의 목소리를 들었다.

무슨 유언도 아니건만 평생 귓가를 맴도는 아버지의 목소리였다. 울지도 못했다.

다시는 아버지를 볼 수 없다는 생각도 해 보지 못했다.

사람들의 울음소리…. 곡소리에 슬퍼서 덩달아 우는 건지, 놀라서 우는 건지 모르며 그냥 울고 있는 8살짜리 하나뿐인 동생을 달래며 안아 주는 게 형으로서 할 수 있는 전부였다.

형으로서, 장남으로서 내가 할 수 있는 일은 그것뿐이었다.

그날 저녁, 막내 외삼촌의 친구가 나에게 말했다.

"네가 좀 더 커서 군대 갈 때가 되면 아버지 없는 설움이 얼마나 큰지 알게 될 거다."

이 말 역시 14살짜리 어린 상주가 받아들이기엔 이해할 수 없는 말이었다.

빠른 시간에 모든 것은 일상으로 돌아왔다.

1976년 10월 26일

대구 50사단 신병 훈련소.

친구들과 주변의 사람을 마다하고 혼자 가고 싶었다.

무언가 풀이 죽은 것 같은 뒷모습의 어깨를 누구에게도 보이고 싶지 않았다.

며칠이 지나자 35명쯤 있는 내무반에서 많은 대화들이 난무했다.

'난 삼촌 친구가 어디로 빼 주기로 했는데', '난 아버지가 여기 대대장하고 잘 알아서 만나기로 했다'. 많은 말들이 내 귀에 들렸다. 난… 난…. 누구에게 뭘 이야기해야 하지? 헛웃음이 나왔다.

그래, 난 좋은 자리로 보내 주거나 높은 사람들을 만날 아버지가 없구나.

갑자기 8년 전 아버지가 돌아가신 날 저녁, 외삼촌 친구의 아버지 없는 설움이 무엇인지 알게 될 거라던 말이 떠올랐다.

1981년 12월 3일

지금은 없어진 서울 종로 2가 종로 예식장. 조금은 쌀쌀한 영하의 날씨였지만 기분 좋은 상큼함이 느껴지는 결혼식 날이다.

단상에 선 새신랑인 나와 집사람, 앞에 어머니, 그리고 아버지 자리엔 큰아버지가 앉아 계셨다.

어른들에게 인사를 하는 순간, 울컥하는 마음에 쏟아지려는 눈물을 억지로 참았다.

그때는 아버지 없는 설움을 느끼기엔 내 나이가 많아졌고, 결혼을 하니 이젠 내가 곧 아버지가 되겠지 하는 마음이었다.

그래도 갑자기 아버지가 보고 싶다는 마음은 감출 수 없었다.

다음 날, 꽤 추운 겨울 날씨에 대구광역시 범물동 천주교묘지에 있는 아버지의 산소를 신혼여행용 구두를 신은 아내와 함께

40분쯤 산길을 걸어 올라서 아버지에게 아내를 처음으로 보여드리고 인사를 드렸다.

이제 와 생각하니 참으로 아내에게 미안한 신혼여행이었다.

항상 미안한 마음이 내포되어 있는 결혼 생활이었나 보다.

그래서인지 신혼여행 이후 항상 같이 가는 여행을 좋아하는 아내를 위해 나름 많은 곳을 함께 다닌 건, 아내에 대한 보상 심리적 마음이 있었을지도 모른다.

1985년 7월

또 다른 생의 변환점이 되는 날이다. 나의 아들이 태어났다.

딸을 좋아했었고, 많이 기대했었다. 그런데 새까맣고 덥수룩한 머리에 까만 동공으로 나를 쳐다보는 아들을 보는 순간, 딸이고 아들이고 아무 생각이 없었다.

아내에 대한 고마움에 눈물이 나고 그냥 좋았다.

우리 아들이 잘 자라길 바랄 뿐이다.

1993년 1월

내 나이 39세…. 갑자기 불안감이 큰 한 해가 될 것 같았다.

아버지가 39세에 돌아가셨는데, 나도 혹시 하는 마음에 모든 게 조심스럽고 두려움이 앞서는 시간들이었다.

무사히 한 해가 지나갈 무렵인 그해 10월, 아내의 평소 바람대로 나는 공무원으로 임용이 되었다.

짧은 공직 생활을 하다 돌아가신 아버지의 뒤를 이어서 하라는 의미인 건지. 묘하게도 공무원 생활을 하시던 아버지는 39세에 돌아가시고 나는 39세에 공무원으로 임용이 되고 하니 말이다.

2015년 1월

무탈하게 잘 자란 하나뿐인 아들이 결혼했다.

며느리도 착하고 예쁘게 잘 자란 아이란 게 한눈에 보일 만큼 반듯함이 보인다. 내가 참 복받은 사람인가 보다.

2015년 11월

아들이 태어났을 때와는 또 다른 기쁨과 행복이 찾아왔다.

상상도 해 보지 못했던 행복이다.

아들 때와는 또 다르게 내가 이렇게 손녀를 예뻐하는 줄 몰랐다.

길거리 지나는 아이들을 쳐다보며 나의 손녀와 비교하게 되는 버릇도 생겼다.

2019년 7월

우연히 본 텔레비전에서 스페인의 시골 살라망가 지역의 모가라스라는 마을을 소개하는데, 집집마다 초상화를 그려서 자신의 집 이 층 베란다 옆에, 혹은 담의 벽에 그려 두었다.

그저 지금 살고 있는 사람의 모습을 그려 두었나 하는 마음으로 무심결에 보았다.

그런데 젊은 청년의 그림이 그려져 있는 집 앞을 한국인 PD가 쳐다보던 중, 이 층 베란다 문을 열고 PD를 쳐다보고 있는 칠순을 훌쩍 넘긴 할아버지가 벽에 그려진 젊은이의 초상화 쪽을 손가락질하며 또한 자기 자신을 가리킨다.

순간 PD도, 방송을 보고 있던 나도 놀라지 않을 수 없었다.

벽에 그려진 초상화와 똑같이 생긴 젊은 남자가 집에서 나오는 걸 보는 순간, 초상화의 주인공은 베란다에서 쳐다보고 있는 할아버지고 초상화와 똑같이 생긴 젊은 남자는 바로 아들이란 것을 알았다.

신선한 충격을 느꼈다. 어찌 저리도 똑같이 닮을 수 있단 말인가? 그 순간 나는 갑자기 돌아가신 아버지가 떠올랐다.

대문을 나서는 저 젊은 아들은 자신을 키우고 가르치고 늙어가며 주름이 쌓여 가는 아버지의 모습에서 자신의 늙음을 배우며 자랐을 것이다.

그럼 난 누구에게 나의 늙음을 배워야 하나?

39세에 돌아가신 액자 속 아버지는 더 늙지도 않으시고 돌아가신 지 55년이 지나, 나는 69세의 노인이 되었건만. 아버지는 돌아가실 때 젊은 39세 모습의 아버지 그대로이다.

아버지가 나이 들어 늙으셨다면 어떤 모습일까? 지금의 나처럼 늙으셨을까? 며칠 전 모신 제사상의 39세의 아버지 모습을 본 탓일까? 두 배의 나이에 가까워지는 내 모습을 아버지에게 보이며 오히려 아버지에게 늙음을 말해 드려야 하나 하는 헛웃음이 나온다.

갑자기 눈물이 났다. 아버지가 조금은 원망스럽다.

왜 어린 나에게 배우지 않아도 알게 될 죽음을 알려 주셨는지요.

이 나이가 되기 전에 아버지의 늙어 가는 모습을 보고 나도 늙음을 배웠어야 했는데. 난 다른 사람들처럼 자신의 아버지를 보고 늙음을 배울 수 없게 된 나는 누구에게 늙어 감을 배웠어야 했나요?

오히려 나의 늙은 모습으로 39세의 사진 속의 아버지에게 알려 주고 있는지 모르겠네요.

늙음을 배우는 게 무슨 소용이 있겠는가….

기쁨, 슬픔, 그야말로 희로애락, 그리고 죽음마저도 누가 가르쳐 주지 않아도 혼자서 배워 나갈 수 있다. 하지만 늙음은 혼자서 배울 수 없는 안타까움….

긴 시간의 삶을 영위하고 싶지는 않지만, 차츰 늙어 가며 흰머리가 보이기 시작하는 아들에게 궁금해하지 않을 정도의 늙음을 알려 주고 생을 마감하고 싶다.

그리고 아들의 이정표가 되고 싶다. 아무런 표시가 없는 길에서 아들 혼자서 헤매게 되는 일이 생기지 않도록 해 주고 싶다.

다만 어떠한 삶을 살아야 좋을 것이며, 어떠한 늙음이 아름다운 늙음인지를 말해 주고 싶다.

스페인 살라망가 모가라스 초상화 마을

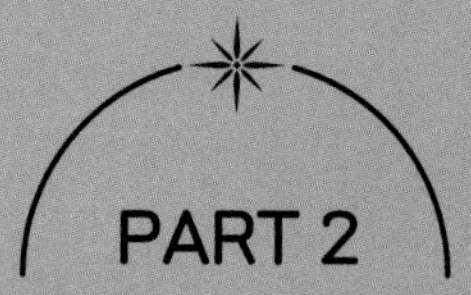

PART 2

처음 만난 일본이 나를 본다

자아도취에 빠진 주책의 시간

2016년 2월 중순의 일본, 그것도 오사카니까 우리보다 따뜻한 남쪽이라는 생각에 벚꽃이 많이 피었을 거라는 기대로 아내와 일본 오사카를 향했다.

패키지 관광이 아닌, 처음으로 해 보는 우리 부부 둘만의 해외 자유 여행이라 조금의 두려움과 긴장감에 출발 전, 끊임없이 공부하는 보름간의 나날을 보냈다.

매일 저녁 인터넷을 뒤지고 여행 일정을 짜느라 나름대로 많이 고생했던 시간이었다.

오사카에서 하루쯤 관광을 위해 시내 지하철과 버스, 그리고 관광지 입장이 무료인 오사카 주유 패스 1일권을 두 장 사고, 교토와 고오베, 나라현 관광을 위해 간사이 지방 모든 열차와 버스가 무료인 간사이 쓰루 패스 2일권을 두 장 사고, 나름 만반의 준비를 갖추었다.

물론 도착 하루 만에 시행착오(난바역에서 간사이 쓰루 패스를 넣어야 하는데 오사카 주유 패스를 넣어서 5만 원가량의 오사카 주유 패스 두 장을 결국 지하철 두 번 타는 것으로 모두 날려 버렸다)는 생겼지만 나름대로 준비를 마치고 인천공항을 출발하여 간사이공항에 무사히 도착하였다.

보름 동안 공부한 덕택에 아내에게 보란 듯이, 마치 자주 와 봐서 익숙한 길처럼 라피도(특급 열차) 타는 곳으로 가서 예약해 둔 티켓을 받아 여유로운 모습으로 기차에 올랐다.

아내의 눈빛이 마치 '와! 우리 신랑 대단하네.'라고 말하고 있는 것 같았다. 물론 나 혼자의 생각이었지만.

오사카 난바역에 내려 1킬로미터쯤 걸어서 예약해 둔 도톤보리 호텔에 여정을 풀고, 근처 식당에 가서 저녁을 먹고 나니 피로가 몰려온다. 비행기로 한 시간 반 정도 비행했는데, 외국으로 왔다는 느낌이 주는 피곤이 있나 보다. 숙소에 와서 여행의 백미인 소주 한잔을 마시고 나니 9시가 되었다.

호텔 로비에서 9시부터 고기라멘을 무료로 나눠 준다고 하니 내려가지 않을 수 없다. 일본 라멘이라니까 먹기는 했는데, 그렇게 맛있다는 생각은 안 들었다. (제주도 고기라면보다 아닌 것 같다.)

다음 날 아침, 드디어 아내와 둘이 교토 여행을 해야 하는 날이다.

일찍 일어나 긴 호흡을 내쉬고 어제 내린 난바역으로 출발하였다.

일본은 철도가 왜 그리 많은지…. 미리 수없이 공부하였지만 62살의 첫 자유 여행 국가인 일본은 생각보다 만만하게 다가오지 않았다.

우리와 달리 사철, 국철, 전철이 회사별로 다르고, 문제는 역사의 위치가 모두 다른 곳이라 물어보지 않을 수 없었다.

전철을 타고 가서 갈아타야 하기에, 짧은 영어로 물어 겨우 제대로 탈 수 있었다.

여기에서 간사이 쓰루 패스를 넣어야 하는데 그만 오사카 주유 패스를 넣는 실수를 해 버렸다. 이것이 5만 원가량의 돈이 날아가는 순간이란 것을 교토 아라시야마 역에 도착 때까지 생각지도 못한 일이었다.

'나름 샤프하다고 생각했는데 허당인가?' 하는 생각이 머리를 스친다. 출근 시간대가 지났건만 제법 사람이 많다.

세 정거장쯤 가서 우메다역에서 한큐 교토 철도로 갈아타는 것까지 별문제 없이 우쭐한 남편답게 어깨를 펴고 앞장서서 걸었다.

가쓰라역에서 갈아타야 한다는 생각에 기차역에 정차할 때마다 표지판을 뚫어지게 보며 스마트폰의 지도와 비교했다.

잠깐 놓친 역이 있어 '어떡하지' 하는 순간 일 년여 주민센터에서 일어를 배운 아내가 다음 역이라고 말해 주었다.

"와… 일어 배운 효과가 제대로 발휘되네."

일본어가 능숙하지는 않더라도 역명을 읽어 준 것이 큰 도움이 되었다.

가쓰라역에서 제법 많은 사람이 내려서 환승하는 걸 보니 나 역시 일본 오기 전에 보름 동안 제대로 공부했구나 하는 안도감이 들었다.

갈아탄 한큐 교토 본선 기차에는 왜 그리 사람이 많은지….

객차의 끝부분에 서 있는데, 어라? 옆 칸을 보니 서 있는 사람도 없고 바로 문 뒤쪽에 두 개의 자리까지 비어 있었다.

곁에 서 있는 아내를 데리고 옆 칸으로 가서 여유 있게 앉았다.

이때도 역시 아내를 자리에 앉게 한 뿌듯한 마음으로 아내를 슬쩍 바라보았다. '어때? 나 잘했지?' 하는 마음으로 말이다.

나이가 들었건만 칭찬은 옆구리를 찔러서라도 받고 싶은 게 남자인가 보다.

두 명씩 마주 보고 앉는 기차의 의자라 마주 앉은 여자들의 눈과 마주치지 않을 수 없는 기차 안이었다.

근데 앞에 앉은 아주머니가 너무 많이 쳐다보는 것이다.

오른쪽 건너에 앉은 좌석의 여자들도 힐끔힐끔 쳐다본다.

'뭐야? 앞니가 나온 일본 애들만 보다가 그런대로 괜찮은 남자를 보니 자꾸 보지 않을 수 없는 건가? 한국에서 잘생긴 놈은 일본 열도에서도 먹히는 건가?'

조금은 뿌듯한 자부심 섞인 마음에 옆 칸에서 서 있느라 몰려왔던 피로를 없애 볼 요량으로 머리를 의자에 기대어 보았다.

'그렇게 심하게 잘생긴 것도 아닌데…. 이제 그만들 보시지.' 하고 혼자만의 생각을 하며 머리를 기대는 순간, 객차 출입문 위에 그려져 있는 그림이 눈에 들어왔다.

임산부의 모습, 여자의 모습, 어린이 모습. 순간 그야말로 뭔가 싸한 느낌이 들고….

얼른 기대려던 머리를 돌리고 살짝 엉덩이를 들어 뒤돌아 출입문 위를 다시 보았다.

이건 뭘 생각하고 말고가 없었다. 옆에 앉은 아내에게 말했다.

"나 옆 칸으로 가서 있을 테니까 혼자 여기 앉아 있어요."

나의 말에 눈이 커지면서 아내가 묻는다.

"왜?"

"여기 여성 전용 칸이야."

더 이상의 다른 말이 필요 없었다.

일어나서 바로 옆 칸으로 옮겨 가서 출입문 옆에 서 있었다.

물론 조금 전 앉아 있던 객차 안의 여자들이 보이지 않게 말이다.

속으로 수없이 머리를 쥐어박고 혼자 부끄러움에 달아오르는 얼굴을 식히려고 손바닥으로 어루만지며, 참으로 이 나이에 이 무슨 망신스러운 생각, 주책스러운 생각을 잠시라도 했었나 하는 마음에 세상의 민망함을 모두 가슴에 쓸어 담은 짧은 시간이었다.

훗날에도 아내에게도 말하기 창피한 일이었다.

잠시 후, 아내는 내가 서 있는 객차로 왔다.

애초에 말할 수도 없는 문제였지만, 그래도 이것저것 이야기하는 바람에 부끄러움이 빨리 사라질 수 있었다.

교토 아라시야마역에 도착했다.

난바역에서 넣었던 노란색 패스를 찾아 개찰구에 넣었다. 삑삑 소리와 함께 통과가 안 된다.

"이거 뭐지?" 하는데 아내가 가진 것 역시 통과가 되지 않는다. 제복을 입은 여자 역무원이 다가와 뭐라고 일본어로 떠들어 댄다. 아…! 변명의 여지가 없다. 대강 느낌으로도 알 수 있었다. 지금 넣은 건 오사카 주유 패스였던 것이다.

여기는 간사이 쓰루 패스를 넣어야 한다는 말이었다.

글씨를 보지 않고 노란색이 간사이 쓰루 패스라고 착각하고 있었던 것이다.

할 수 없는 노릇이라 간사이 쓰루 패스의 여행은 시작되었고, 오사카 주유 패스 역시 시작되어 버렸다.

문제는 오사카 주유 패스가 1일권이라 오늘 중으로 모두 사용

해야 한다는 것이었다.

속으로 '바보'를 수없이 외치며 아내에게 설명하고 역사를 빠져나갔다.

나가는 순간 두 사람이 날려 버린 5만 원짜리 오사카 주유 패스의 아까움을 잊을 만큼 상쾌함과 맑음이 코끝을 스친다.

부러움에 화가 날 만큼 맑고 깨끗했다.

오늘 두 번의 바보짓도 아라시야마역에 내려 얕은 개천에 맑은 물이 흐르는 가츠라강에 던져 버리듯 날려 버렸다.

아라시야마 대나무 숲 치쿠린을 뒤로하고 기차와 전철을 갈아타고 버스도 타고, 물론 간사이 쓰루 패스로 프리 패스 하며 돌아다녔지만 패키지와는 달리 발바닥의 아픔과 피곤함을 동반한 채로 니조성, 금각사, 청수사 등을 여유롭게 볼 수 있었다.

기모노를 입은 한국의 청춘들

청수사 관람 중 젊은 한국인 여자들이 기모노를 입고 사진을 찍은 모습이 눈에 거슬리는 건 나이 든 어른들의 반일 보수적 기우인지 모르겠지만, '그래, 경복궁에서 한복 입은 일본 애들의 모습과 다를 바 없겠지.' 하는 마음으로 기분을 달래 본다.

꽤 긴 상가 길을 걸어 가와라마치역으로 와서 난바행 기차를 탔다. 순조롭고 계획된 여정에서 벗어나지 않고 있다는 자부심을 가슴에 안고 말이다.

다음 날, 동양에서 제일 크게 지었다 하여 이름이 동대사(일본

명: 도다이지)가 있는 나라현에 가서 사슴 똥 냄새를 맡으며 사진을 찍고, 고베행 열차를 타기 위해 나라역으로 내려갔다.

내가 공부해서 온 바에 의하면 다시 난바역에 가서 환승을 해야 하는 걸로 알았는데, 내려가 보니 고베 급행이 기다리고 있었다.

정확히 알고 가는 게 좋을 것 같아 출발 시간이 4분 남았지만 역무원에게 물어보려 했다. 그러나 역무원이 보이질 않는다. 할 수 없이 1층까지 지하 4개 층을 뛰어 올라가 숨을 헐떡이며 역무원에게서 고베 직행이 맞다는 말을 듣고 나서야 다시 지하 4층까지 내려왔다. 그 당시의 내 나이로는 그 정도는 가능했었나 보다.

힘들게 달려온 고베에는 비가 많이 오고 있었다.

점심을 먹지 않은 터라 배가 고파 왔다.

마침 역사에 연결된 마트에 들어가 보았다. 고베 와규가 맛있다는 말을 들은 적 있어서 와규 도시락을 두 개 샀다.

문제는 비가 오니 밖에 나가 벤치에 앉을 수가 없다.

출입 문가에 서 있다가 1층으로 올라가는 계단 아래를 보니 넓은 공간이 보였다.

아내에게 상당히 미안함을 품은 눈으로 한 번 쳐다보고는 그냥 앉았다. 그나마 다행인 것은 배가 고픈 탓에 지나가는 사람들의 시선이 느껴지질 않는다는 것이다.

여행객만이 자신 있게 행동하며 누릴 수 있는 특권이 아닐까 싶다.

계단 아래 쪼그리고 앉아 먹은 고베 와규 도시락도 추억이 되려나?

교토, 나라, 고베에서 보낸 시간들은 힘들었지만 나름 알차게 보낸 시간들이었다. 도톤보리 호텔에 돌아와 웃으며 이야기는 했지만, 괜한 씁쓸함이 생기기도 한다.

다음 날 아침, 아직은 쌀쌀한 날씨 탓에 꽃이라고는 보이지 않는 오사카 성으로 갔다. 중간에 길이 애매하여 걸어오는 아가씨에게 영어로 길을 물었더니 한국말로 알려 준다.

어이없는 사태가 벌어졌다. 별것 아닌 것 같은 일이지만 많은 한국의 젊은이가 찾아오는 봄 방학 시즌이라 그런가 보다.

내가 너무 한국스럽게 생긴 걸까?

오후 비행기로 한국에 돌아왔지만, 3일 동안 생긴 나의 어리

석음과 바보 같은 생각과 행동들이 그야말로 파노라마처럼 펼쳐져서 나의 눈앞에 보여진다. 그것도 마치 플래카드를 펼치고 보란 듯이 말이다.

그날 이후 반성하며 살고 나 자신을 돌아볼 줄 아는 삶을 살자는 생각을 하지 않을 수 없었다.

타고난 품성은 어쩔 수 없는 것인지 나이가 더 든 지금도 가끔은 앞장서는 걸 보면 나 스스로에 대한 답답함이 느껴진다.

미세 먼지 많은 날 늦은 오후

고재경

하늘에 보이는 너는 해 인가 달인가

동에 떠 있으니 달일 것이오

서에 떠 있으니 해일 것이다

하늘이 뿌연 건 안개인지 먼지인지

어수선한 세상이라 뭐가 뭔지…

PART 3

1999년 즈음 한 마리 닭에 세 개의 닭똥집

글의 제목이 생뚱맞아 보이고 거부감이 느껴질 수도 있겠구나 싶다. 달리 순화된 표현보다 생동감 있고 쉬운 표현이 낫겠다 싶은 마음에 붙여 보았다.

참으로 오래전인 것 같다. 아마도 20년은 족히 되었을 것 같은데, 기억이 정확하지 않은 걸 보니 나도 나이를 먹은 건지. 하긴, 원래 기억력이 시원치 않긴 하지만.

아무튼, 여름 피서라고 아내와 함께 인터넷이 없고 핸드폰이 없던 그 시절에 잡지책 한 페이지를 읽고 그걸 찢어서 들고 찾아간 곳이었다.

갈천리 약수. 철분과 탄산이라 건강에 좋고 공기가 좋은 곳이라 한다. 원래 우리 부부가 여름 바닷가 백사장은 그리 탐탁

지 않게 생각하고, 그렇다고 산이나 계곡을 좋아하는 것도 아니었다.

그러하다 보니 많은 나이가 아님에도 온천을 즐기고 오가며 약수를 찾는 게 취미처럼 되어 버렸다.

그냥 책에도 알려지고, 조용할 것 같아 찾았던 곳이리라 그때는 양양에서 지방 국도 번호만 가지고 찾아갔던 곳이었다.

양양에서 서쪽으로 56번 국도를 타고, 구룡령으로 서서히 오르다 보면 우측에 갈천리 약수 마을이 있다는 곳이었다.

내비게이션이 없던 시절에도 잡지책 한 페이지의 안내는 아주 정확했다. 내가 지도로 장소를 찾는 능력은 부족한 기억력보다 뛰어났던 것 같다.

도착해서 마을 입구 근처 조그만 계곡을 아래에 끼고 있는 전형적인 시골의 민박집 방, 아마도 행랑채나 사랑채로 사용했을 것 같은 시골 방답게 생긴 곳에 가방 하나가 전부인 짐을 내려놓았다.

그리고 바로, 왕복 한 시간쯤 걸린다는 민박집 주인의 말을 듣고 갈천리 약수터로 발걸음을 옮겼다.

얼마 걷지 않아 역시 또 당했다는 기분이었다. 시골 사람들의 시간관념과 산에서 하산하는 사람들의 "다 왔어요."라고 말하는 거리 관념은 믿을 게 아니란 것을 많은 곳에서 당해 보았기에 잘 알면서 민박집 주인의 왕복 한 시간이란 말에 또 넘어가고 말았다.

그야말로 편도 한 시간으로 들었어야 했다.

많이 걸은 덕택에 약수는 예상했던 것보다 더 시원하고 좋았다. 물론 탄산이 주는 청량감과 함께 녹이 슨 쇠붙이에서 나는 묘한 냄새도 함께였지만 좋은 느낌이 들었고, 건강해지는 기분이었다.

어둑어둑해지면서, 프랑스 속담대로 개와 늑대의 시간쯤 되어서 내 나이 또래의 민박집 주인에게 닭도리탕(요즘에는 닭볶음탕)을 한 마리 시켜 두고 잠시 옆 개천에 내려가 발을 담갔다.

음식을 시킬 때 주인에게 당부하였다.

"똥집은 생으로 먹을 테니 얇게 잘 썰어 주세요."

주인은 드실 줄 아느냐면서 소금장까지 맛있게 해 주겠다 한다.

그 당시쯤 사무실 직원들과 야유회(홍천 모 콘도)를 갔다가 싱

싱한 똥집이 맛있다는 홍천의 콘도 근처 식당 주인의 말에 현혹되어 처음 먹기 시작해서 맛을 느낄 무렵이었다.

발을 담그고 있는 계곡으로 갖다준 닭똥집에 소주 한 잔과 먹으려는데, 아무래도 그릇에 담긴 똥집이 심상치 않게 많아 보였다. 주인을 불러 물었다.

"아니, 아저씨, 닭이 무슨 개만큼 큰 것도 아닌데 이렇게 많은 걸 보니 똥집이 한 개가 아닌가 봐요?"

"아, 그거요? 옆방에 온 손님이 닭백숙을 두 마리 시켰는데, 서울에서 온 사람들은 생똥집 같은 것 잘 안 먹어요. 그러니 드실 줄 아는 분이 많이 드셔야지요."

'허… 그 참, 나도 서울에서 왔는데.'라고 속으로 말해 주었다.

아마도 강원도 산골의 민박집 주인장의 눈에도 경상도 말투를 사용하는 내가 진정한 서울 사람처럼 보이지 않나 보다. 조금은 서운함이 생기지만 넉넉한 생똥집에 마음을 풀어 본다.

아무튼, 뭔가 생각해 주는 듯한 마음에 고맙다는 말을 전하고 닭도리탕이 나오기도 전에 세 마리 분량의 생똥집만으로 소주를 한 병이나 비웠다.

닭도리탕이 나오자 아내와 함께 벌건 양념과 매콤한 내음의 닭 다리 하나씩을 들고 한 잔의 소주로 무언가를 위한 건배를 하고(아마도 3개의 닭똥집에 대한 건배를 하지 않았을까 싶다) 막 먹으려는 순간, 닭털을 뽑는 탈수기 돌아가는 소리가 들리고, 잠시 후, 민박집 주인의 손에는 큼지막한 실하게 생긴 발가벗은 누드 통닭 두 마리가 들려 나왔다.

자동차 엔진 소리도 안 들렸는데 민박 손님이 또 왔나? 제법 손님이 많이 오는 곳이구나. 그런 생각으로 잠시 아내와 눈길을 주고받고 술잔을 비웠다.

아무래도 손님이 와서 시끌시끌한 분위기나 소음이 없었다, 싶은 마음에 지나가는 주인장에게 물었다.

"오늘 손님이 많으신가 봐요? 또 닭을 두 마리나 잡으시는 걸 보니까요."

돌아오는 주인장의 답변에 갑자기 뒤통수를 맞은 것보다 더 큰 충격의 감동이 와닿았다.

'아, 차라리 묻지 말고 말을 시키지 말걸.' 하는 일말의 후회가 그야말로 왕창 밀려왔다.

"아, 아니에요, 좀 전에 잡은 두 마리에서 아까 손님에게 생똥집을 드렸는데, 서울 손님들이 백숙을 잘 드시다가 똥집을 생으로 달라고 하네요, 두 마리 다시 잡아서 똥집만 빼내서 드리려고요."

참으로 죄스러운 마음과 함께 감동과 감격스러운 마음이 밀려와 잠시 어찌할 바를 몰라 했었다. 우리의 잘못도 아니건만 왜 이리 미안한지…. 갑자기 먹고 있던 닭도리탕에 목이 메인다.

그러고는 그 짧은 순간에 드는 생각은 민박집 주인장의 순발력 없는 고지식함에 화가 나기도 하면서 어찌 저리 바보스럽고 순박할 수 있단 말인가?

서울 손님들에게 바른대로 말하면 될 것을, 그 말을 못 하고 이 밤에 더 이상 팔리지도 않을 닭을 두 마리나 또 잡는다 말인가?

내가 이제 나이를 먹은 건지 20년도 더 지난 시간이건만, 당시에는 먹먹했던 가슴이 전해진다. 벌거숭이 통닭 두 마리를 손에 들고 걸어가던 순박했던 민박집 주인장을 생각하면. 나와 비슷한 또래였는데 그 순박함, 그 순수함, 좋은 성품이 떠오를 때면 조금은 벅차오르는, 기분 좋게 눈시울이 붉어지는 걸 느끼게 된다.

그로부터 10여 년이 지난 어느 해 여름휴가 때, 속초에서 서울로 돌아오는 길에 오래전 민박집 주인장이 생각나서 일부러 고속도로를 달리지 않고 국도 구룡령 고개를 넘었다.

갈천리 마을 앞을 지나오면서 마을 초입에 있던 기와 민박집은 보이질 않고, 입구부터 모텔에 최신식 양옥 민박집들이 지어져 있었다.

왠지 조금은 서글픔이 느껴지는 마음이 들었다.

마치 저기 보이는 콘크리트 민박집이나 모텔들처럼 그때 그 민박집 주인 역시 얼굴도 생각나지 않고, 이름도 모르지만 최신식의 마음으로 성품이 바뀌고 콘크리트처럼 닫힌 마음으로 메말라 버리지나 않았나 하는 우려의 마음에 야릇한 씁쓸함이 입안을 감돌았다.

400M

PART 4

평택의 어느 토요일 오후

달걀흰자의 좋은 점

우연히 본 드라마 내용 중에 서울은 달걀의 노른자고, 경기도는 흰자에 비유하면서 경기 남부 쪽에 사는 젊은 주인공의 서글픔과 비애감을 토로하는 것을 본 적이 있었다.

비유할 바는 아니지만, 평택으로 이사 온 지 1년쯤이 지나고 나니 달걀흰자의 비애감보다는 껍질을 깨고 탈출하기가 용이하다는 점을 깨우치게 되었다. 그것도 흰자의 동그란 아래 부위가 서울에 살 때 생각해 보지 못한 나들이의 행복감을 만끽할 수 있었다.

지난봄, 햇볕이 좋은 토요일 오후, 아내와 함께 드라이브를 겸해서 점점 훤하게 자리를 차지하는 정수리 쪽 머리의 보완을 위해 당진 합덕에 있는, 속칭 탈모인들의 성지로 불리는 조그만 개인 병원으로 탈모약 처방을 받기 위해 갔다. (1년 뒤에 개인적 약 부작용으로 먹지 않게 되었다.)

서해안 고속 도로를 달려 당진으로 가는 동안 토요일 오후 시간이지만 그럭저럭 달릴 만했다. 11시 30분쯤, 상쾌한 기분으로 병원 근처에 도착해서 꽉 차 버린 주차장 대신 인근 도로에 주차하고 들어가서 받은 순번은 자그마치 62번. 한 시간 반은 기다려야 할 것 같다.

주변의 그늘에는 이미 기다리고 있던 환자들이 더위를 피해 여기저기 앉아 있으니 아내와 나는 편의점 커피라도 마시며 기다릴 요량으로 길 건너 편의점으로 가 보았는데, 그곳 역시 편의점 밖 데크까지 모두 꽉 차 있었다. 시골 병원의 반란인가?

다시 병원 건너편 커피숍이 보이기에 들어갔다. 다행히 테이블 한 자리가 비어 있어 앉을 수 있었다.

아내와 커피를 마시며 조그마한 시골 병원 하나가 지역 경제를 활성화시키고 있다는 이야기를 나누다 보니 한 시간이 금방 지났기에 다시 병원으로 들어가니 17번으로 당겨져 있었다.

2분 정도의 진료를 마치고 바로 옆 같은 건물의 약국을 가보니 여기 또한 줄을 서 있다. 6개월분의 약을 사고, 차로 왔는데 큰일을 치른 것같이 휴 하는 한숨이 절로 나온다.

일주일에 하루, 목요일마다 아내가 서울 홍대 근처에서 일본어를 배우고 있는데, 마침 일본어 선생님 집이 예산이라 가 보기로 했다.

예산 시장에 도착하니 '백종원 거리'라고 쓰인 간판이 크게 도로 한쪽에 세워져 있다. 요즘 텔레비전에 여기저기 얼굴을 많이 내밀고 있으니 유명인이 아닐 수 없을 것이다.

게다가 사업적 수완이 좋아 지역 경제를 살리는 데 많은 기여를 하는 사람으로 알려져 있어서인지 여기저기에서 그를 초빙하고자 줄을 서 있다고 한다.

시간이 어정쩡하여 방송의 한 프로그램에 나온 국밥집으로 갔다. 방송에 나온 음식점에 대해 크게 믿음을 가지지 못한 편이었는데, 오늘의 한우국밥은 누구에게나 알려 주어도 좋을 만큼 괜찮은 한 끼였다.

아내와 나는 모처럼 맛있는 식사를 할 수 있었다.

7킬로미터쯤 떨어진 곳에 위치한 일본어 선생님의 집에 도착하였다.

나도 한 번 뵌 적이 있는 분이고, 부부가 살갑게 대해 주어서 인지 스스럼이 없이 이야기를 나눌 수 있었다.

선생님의 남편은 교직에서 퇴직 후 귀농 생활에 접어든 지 벌써 3년 차고, 이곳 알토란 마을의 이장 자리를 맡아서 열심히 봉사 중이란다.

선생님의 둘째 딸이 주변에서 누군가가 아버지는 뭐 하시는 분인가를 물으면 조그만 지역의 대통령이라 답한다고 하니 가족 모두가 재미있게 살고 있음을 볼 수 있었다.

부부의 재미있고 행복한 삶을 잠시 엿보고 나니 미나리 물김치에 알타리, 상추, 오이를 잔뜩 차에 실어 주신다.

마치 시골 친정을 다녀오는 훈훈함을 함께 싣고 출발하였다.

잠시 출렁다리에도 올라 보고 아들이 초등학교 시절 아내와 셋이서 텐트를 치고 밤낚시를 했던 추억을 살펴보고자 가까운 곳에 있는 예당저수지를 찾았다.

30년 전, 새벽에 텐트에서 자고 일어나 화장실 가는 길에 움직이는 찌를 보고 낚시대를 채서 향어 한 마리를 잡고 신나 하던 아들의 모습을 떠올리며 미소를 지어 본다.

그래, 어차피 달걀의 아래 껍질을 깨뜨리고 여기까지 왔으니 조금 더 가 보자. 수덕사 IC를 올라가 유구천으로 갔다.

수국이 활짝 피어나 있다. 다음 주부터 축제를 한다고 준비를 하고 있다.

마치 아카데미 수상작 영화를 개봉 전 시사회에 초대받은 기분으로 유구천 길을 걸어서 아내의 좋은 모습들을 함께 사진으로 남겼다.

돌아갈 고속 도로의 차가 제법 막히겠지만 달걀의 아래쪽은 막힘도 없이 신나게 달려왔다.

천안으로 와서 경부 고속 도로를 타고 서안성 IC를 나와서 연결된 45번 국도를 타면 바로 지제역 근처 집 앞으로 오니 뭔가 괜한 교통편 좋은 부유함을 느끼게 된다.

아내와 평택으로 이사 와서 좋은 점을 다시금 새기고 토요일 아침 10시 반에 출발한 당진, 예산, 공주, 달걀 흰자들의 첫 나들이는 오후 7시에 집에 와서 저녁 식사를 하는 것으로 마무리 되었다.

PART 5

아내와 나, 둘 중 한 사람이 죽음을 맞아야 한다면

10년에 한 번 오는
크로아티아 보라(태풍)를 맛보다

2015년 2월 28일, 아내와 함께하는 두 번째 해외 여행지로 동유럽을 택했다. 작년에 다녀온 서유럽 여행과 마찬가지로 카타르 항공으로 도하를 경유하여 독일 뮌헨 공항에 내려서 체코, 헝가리, 크로아티아를 거쳐 오스트리아에서 돌아오는 10일 일정의 패키지여행이었다.

텔레비전에서 한창 인기가 있었던 여행 프로그램 <꽃보다 누나>에서 보여 주며 대한민국 중년 여인들의 로망을 만들어 주었던 크로아티아 빨간 지붕에 반해 버린 아내의 요구와 나의 여행에 대한 욕망으로 크로아티아를 눈과 가슴에 담기로 했다.

체코의 체스키크롬로프, 크로아티아의 폭포 마을 라스토케, 플리트비체 국립공원, 헝가리 다뉴브 강 야경과 유람선에서 마시는 와인 한잔, 오스트리아 비엔나의 모차르트 연주회까지. 모든 게 서유럽과 비교되는 또 다른 감흥을 주는 좋은 여행이었다.

하지만 호사다마인가? 다른 나라에서 묵었던 숙소들이 샤워 부스가 조금 작고 엘리베이터가 없어 좁은 계단을 무거운 가방을 들어 옮겼지만 그런대로 괜찮았는데, 하필 로망의 나라 크로아티아에서의 한 군데 숙소가 일행 모두가 말했듯이 귀곡 산장이었던 것이다. 그날따라 비도 내리고 목조건물의 산장과 같은 호텔의 히터는 제대로 들어오지 않고, 뭔가 말로 하지 못할 조금은 불길한 기운이 모두에게 보이고 있었던 것이다.

다음 날 아침, 어제 크로아티아 스플리트의 디오클레티아누스 궁전을 갔을 때의 화창한 날씨와는 달리 태풍급 바람에 강하게 날리듯 뿌리는 비까지 오는, 여행에 아주 좋지 않은 날씨였다.

가이드의 말이 10년에 한 번쯤 겨울철 아드리아해에서 불어오는 '보라(bora)'인 것 같다는 말을 해도, 우리 모두는 그냥 세게 부는 바람 정도로 생각하고 대수롭지 않게 여겼다.

어쨌든 빨간 지붕을 향하여 심상치 않은 비바람을 뚫고 버스로 세 시간을 달려 두브로브니크에 도착했다.

예정에는 케이블카로 성벽을 오르기로 되어 있었지만 이미 보라로 인하여 케이블카 운행은 중단되어 있었고, 봉고차로 대체되어 산길을 오르게 되었다.

아무리 창밖에 무시무시한 비바람에 거센 빗방울이 봉고차의 창문을 때려도 여기까지 왔으니 빨간 지붕은 봐야지, 하는 마음으로 차에서 내려 10미터 정도의 거리에 있는, 아래가 내려 보이는 성벽으로 작은 우산을 하나 받치고 아내와 걸어갔다.

아…! 내려서 우산을 펴는 순간 뒤집혀 버린 우산은 바로 우산의 기능을 상실해 버렸고, 보라의 위력을 실감할 수 있었다.

순간 아침에 가이드가 말한 태풍급 바람, 보라의 실체를 직시할 수 있었다.

발아래 멀리 보이는 빨간 지붕은 얼굴을 때리는 빗방울로 인하여 도저히 눈을 제대로 뜨고 볼 수 없는 지경이었다.

비바람 사이로 보이는 빨간 지붕들, 프랑스, 스페인, 포르투갈, 모나코, 체코, 헝가리, 모두가 빨간 지붕인데…. (유럽 국가들은 건축법에 의해 지붕을 빨간색으로 해야 한다는 게 법으로 정해져 있단다.)

뭔가 모를 허망함이 가슴 한쪽을 덮어 버리는 것 같다.

하지만 누가 태풍 속에서 크로아티아 두브로브니크의 빨간 지붕을 보았겠는가? 우리 부부와 빗속을 뚫고 차에서 내린 몇몇 일행 외에는 어떠한 색깔의 지붕도 볼 엄두를 내지 못했을 것이다.

산 위에서 내려와 성안에 있는 성당, 그리고 한 텔레비전 프로그램에서 탤런트 김자옥이 구두를 산 가게를 쳐다보는 중에도 비바람은 여전히 몰아쳤지만, 다음 일정을 향해 우리 일행은 버스에 올랐다.

두려움과 공포의 시간이 시작된다는 것을 버스 안의 우리 일행 모두는 알지 못했다.

보라의 실체를 느끼기에는 시간이 그리 길지 않았다.

어제 짐을 풀었던 숙소인 귀곡 산장으로 돌아가기 위하여 고속 도로로 향하던 중, 풀 한 포기 보이지 않는 크로아티아의 돌산 사이의 계곡을 지나는 순간 차가 휘청거렸다.

그래도 서울시청 교통국에서 20여 년을 근무했고, 운전 역시 제법 한다고 생각한 터라 이 정도는 아직 차가 위험하지 않다는 나름의 판단을 하였다. 하지만 내 나름의 판단이 틀렸다는 걸 알게 되는 시간 역시 그리 길지 않았다.

차량이 휘청거리고 몇 초 지나지 않아 갑자기 쾅 소리와 함께 버스 지붕 위, 운전자의 스위치 조작에 의해 작동되는 자동 환풍구가 바람에 열려서 굉음과 같은 센 바람 소리가 들려오는 것이다.

환풍구 틈새로 들어오는 보라(bora)의 기운을 이기지 못하고 열려 버린 것이다.

가슴이 철렁 내려앉는 기분이랄까? 놀라지 않을 수 없었다.

일행 모두가 놀라서 고함 소리, 여자들의 비명 소리가 한데 섞여 들렸다. 잠시 놀란 가슴을 진정시키고 운전기사가 조심스레 달리기를 10여 분, 이번에도 쾅 소리가 나면서 차의 중간쯤 통로 쪽에 앉은 나와 아내의 시야를 시커먼 물체가 가린 것이다.

이번에도 역시 버스 안의 일행들은 비명에 가까운 고함 소리를 내질렀다. 내가 앉은 자리 아랫부분에 있는 일행들의 캐리어를 싣고 닫혀 있는 문이 보라의 세기를 이겨 내지 못하고 열려서 위로 올라와 나의 시야를 가린 것이다.

시청 교통국 근무 관록이나 나의 운전 경험이 무색하리만큼 놀라지 않을 수 없었다. 버스를 세우고 운전기사가 내려서 문을 닫고 어딘가 전화 통화를 하더니 올라와서 가이드와 이야기하는 표정이 심상치 않다.

가이드가 우리들에게 전달해 준 말은, 고속도로가 폐쇄되었단다.

그래서 지금부터 국도로 해서 이틀 연박을 하게 된 어제의 숙소, 일명 귀곡 산장으로 돌아가야 한단다.

시간은 거의 두 배(약 5~6시간)가 더 걸릴 예정이라고 한다.

일행들 대다수가 '근처 가까운 곳에 숙소를 변경하면 안 되겠느냐? 소요되는 비용은 우리가 부담하겠다.' 등의 의견이 나왔다.

하지만 가이드의 대답은 '노!'

첫째, 숙소에 대한 위약금 문제가 발생한단다. 그리고 중요한 문제는 내일 오스트리아로 넘어가야 하는데, 이곳 근처에서 출발하면 내일 운행 거리가 오버된단다.

유럽은 하루 1,000킬로그램 이상 운행이 금지되어 있고, 또한 운전기사의 안전을 보장하기 위하여 하루 10시간 이상의 버스 운행 중지, 즉 시동이 꺼진 상태가 유지되어야 한단다.

해당 기관에서 수시로 차량에 부착된 타코(운행 기록 장치) 기록지를 조사하여 위반 시에는 많은 과태료가 부과되기에 시간이 걸리더라도 귀곡 산장으로 돌아가야 한다는 게 가이드의 설명이었다.

역시 안전에 대한 관념이 우리와는 차이점이 있음과 조금은 부러운 공권력의 강경함으로 인한 질서를 엿볼 수 있는 부분이었다.

좀 전과 달리 웅성거리는 목소리가 커졌다.

올 때 깎아지른 듯한, 산 중턱 절벽을 아침에 이곳으로 올 때도 많이 보았다. 하지만 밝은 시간에 봐도 두려움을 느끼기에 충분한 경관이었는데, 이 시간에 일반적 비바람도 아닌 강력한 태풍급 보라를 뚫고 갈 수 있을까 하는 걱정이 들었다.

나 역시 아내에게 말은 하지 않았지만 내심 걱정이 안 될 수가 없었다.

많은 말들이 오갔지만 버스는 출발하여 산 중턱의 절벽 낭떠러지 길을 달렸다.

빠른 속도는 아니었지만, 창밖으로 어렴풋이 보이는 절벽 아래는 공포감을 주기에 충분하였다.

가끔 계곡 사이를 달릴 때 센 바람에 버스의 휘청거림은 순간순간을 아찔하게 하였다.

창밖을 보다가 버스 창에 비치는 아내의 얼굴을 보는 순간, 갑자기 두려운 생각이 뇌리를 스친다,

만약에 이 버스가 산 아래로 굴러떨어진다면 어떻게 되나?

암흑의 절벽 산길을 바람에 휘청이며 긴 시간 달리다 보니 가슴 깊은 곳에서 두려움에 의한 별생각이 떠오르기 시작한다.

'이곳 유럽의 한 도시에서 한국인 관광객(대다수 중년의 부부)들이 버스 전복 사고로……'

참으로 생각하고 싶지 않은 상상이었다.

그러다 보니 나도 모르게 상상은 점점 깊은 곳으로 빨려들어가고 있었다.

만약 아내와 내가 같이 같은 시간에 죽음을 맞이해야 한다면, 그 또한 부부의 연이고 복이라 할 수도 있을 것이다.

하지만 만약 죽음의 순간에서 우리 둘 중 한 사람을 살릴 수 있고 살 수 있다면 누가 사는 게 좋을까?

나? 아내? 점차 나이 들어 가는 내가 혼자 사는 건 아들이나 며느리 보기에 과히 보기 좋은 삶은 아닌 것 같고….

부부의 사랑이나 아내에 대한 애정을 생각할 계제가 아닌 순간이다. 보다 냉철하고 실리적 판단이 요구되는 시간인 것 같다.

아무래도 내가 살아가는 것보다 아내, 아니, 남자보다는 여자가 혼자 살기에는 누구에게든 보여지는 관점에서 나은 것 같다는 생각이 자리 잡았다.

근데 낭떠러지에서 버스가 굴러떨어진다면 어떻게 해야 아내를 살릴 수 있을까?

'100미터는 넘을 것 같은 절벽 아래로 수없이 굴러떨어질 텐데.' 하는 생각이 먼저 들었다. 뒤이어 '그래, 팔다리는 부러지면

붙이고, 살은 찢어지면 꿰매면 될 것이고, 그러나 머리를 다치면 살아나도 사는 게 아닐 것이다.' 하는 생각이 들었다.

어떻게 해야 하지? 방법은 하나밖에 없었다.

떨어지는 순간, 오른쪽에 앉은 아내의 머리가 어디에도 부딪치지 않게 내 온몸으로 아내의 머리만 껴안자.

최후의 의식이 있을 때까지 아내를 안고 있는 내 팔을 풀지 말자.

그러한 생각으로 마음속으로 아내의 머리를 껴안는 연습을 수없이 하고 마음을 정리한 후 슬쩍 아내의 얼굴을 쳐다보았다.

갑자기 서글픈 생각에 눈가가 충혈되는 기분이다.

마치 곧 닥쳐올 것만 같은, 예정되어 준비된 미래인 것만 같은 기분이다.

상상이 지나친 것인지, 고개를 돌려 창밖의 절벽을 내려다보려는데 어두움에 보이지 않고 차창에 비치는 아내의 얼굴만 자꾸 보인다.

갑자기 더 울적해지면서 지난날들이 머릿속을 스쳐 지나간다.

왜 이럴 땐 꼭 내가 잘못했던 것들만 생각이 떠오르는 것일까?

이래서 인간은 죽음을 맞이할 때가 되어야 반성도 하고, 철들자 죽음이라 했던가?

좀 더 아내에게 잘해 줄 걸 싶고, 보다 자상한 말투로 대화할 걸, 하는 생각이 머릿속을 자극한다.

이미 늦었고 지나 버린 시간들이지만, 만약의 추락 사태가 발생한다면, 그래, 아내의 머리를 꼭 껴안고 내가 죽는 것으로 보상하자 하는 마음이었다.

불안한 마음에 몇 시간을 버스가 달려도 졸리지를 않았다.

오후 세 시쯤 두브로브니크에서 출발한 버스는 밤 아홉 시가 되어서야 음산한 기운이 감도는 속칭 귀곡 산장에 도착하였다.

구두도 젖었고, 양말은 말할 것도 없고. 간단히 샤워하고 아내와 같이 식당으로 내려가니 플리트비체 국립공원의 유명한 쿠킹 호일에 싸인 송어구이를 준비해 두었다.

일행들과 저녁을 함께하고 각자의 가방에서 가져온 소주를 한 잔씩 나누어 마시며 무용담 아닌 무용담을 나누기 시작했다.

다들 똑같이 버스 안에서 바깥의 좋지 않은 날씨를 쳐다본 것뿐인데 말이다.

어떤 이는 유언장도 써 두지 않았다고 하고, 또 다른 이는 문자도 못 하고, 며칠 전 올 때 아이들 얼굴도 제대로 못 보고 왔다는 등. 그때, 일행 중 내 또래의 경상도 남자가 나에게 물었다.

고 선생은 오늘 위험의 순간들에서 어떤 생각을 하셨느냐고.

"글쎄요…. 특별한 생각은 아니고, 죽음이 닥쳐오고 저 역시도 상당한 위험을 감지하기도 했고, 만에 하나 이 버스가 굴러떨어진다면 어떻게 해야 하나 하는 생각을 하다가 아내와 저 둘 다 죽음을 맞아야 하는 순간이 오고 한 사람을 살릴 수 있다면 내가 할 수 있는 건 '아내의 머리를 감싸 안고 아내를 죽음에서 살리고 내가 죽음을 맞아야겠다' 하는 생각을 잠시 해 보았습니다."

우…! 우…! 하는 장난기 섞인 비난과 야유가 쏟아졌다.

아차 싶었다. 늦었지만 해명을 할 수밖에 없었다.

"제가 그런 말을 한 것은 아내와의 사랑이나 애정을 떠나 지극히 현실적 판단하에 내린 결정입니다. 남자인 내가 혼자 살아가는 것, 아니면 아내와 둘이 불구가 되어 사는 삶. 두 가지 삶 모두 하나뿐인 아들 내외에게 피해를 주면서 사는 것보다 차라리 아내의 머리를 감싸 안아서 생명을 구하고 나는 여기저기 부딪히더라도 의식을 잃는 순간까지 감싸 안고 있자, 하는 마음이었습니다."

잠시 일행들의 야유 대신 한숨 섞인 긍정의 끄덕임이 보였다.

진심이었다.

우리 둘 중 한 사람이라도 살 수 있다면 난 서슴없이 아내를 택할 것이다.

다음 날, 오스트리아로 가서 좀 비싼 음악회도 가고 오스트리아의 에곤 실러, 클림트의 키스도 보며 유럽의 문화적 진수를 느꼈다.

근데 머릿속에서 어제의 사건들이 떠나지 않는다.

하지만 빈 국제공항에서 귀국 비행기를 타고 오면서 난 생각했다.

어제 아내의 머리를 안고 내가 죽음을 맞이하겠다고 결정한 나의 판단에 스스로 칭찬해 주기로 했다.

피로를 견디지 못하고 잠들어 비행기 시트에 기댄 아내의 얼굴을 만져 보고 싶었다.

복이 와서 웃는 게 아니라 웃으니까 복이 온다는 말처럼 죽음을 대신하고 아내를 구할 수 있다는 생각이 아내를 다시금 사랑하는 계기로 만든 것 같다.

비록 아내의 로망이었던 두브로브니크의 빨간 지붕은 제대로 보지 못했지만, 더 큰 사랑을 볼 수 있었기에 아내와 나의 크로아티아 여행은 최고의 멋진 여행이었다.

아내에게 말하고 싶다.

당신이 내 아내라서 고맙다고.

크로아티아 라스토케 폭포마을

PART 6

사촌 형님의 양주 한 병

40년산 발렌타인

7년 전쯤, 대구에 집안 행사가 있어서 행사를 마치고 3명의 사촌 누나와 종손인 사촌 형님 2명까지. 모처럼 많은 형제가 대구 봉산동 아파트에 살고 있는, 나보다 두 살이 많은 둘째 사촌 형님 집에 모였다.

사촌이라고 해 봤자 모두 7명이니 다른 집의 한 가족 정도의 형제인데, 참으로 오랜만에 6명의 사촌이 모인 것이다.

어린 시절, 내가 사촌 형님에게 술을 배운 탓인지 학창 시절 유달리 자주 만나서 내 친구, 형님 친구들과도 대구 시내 중앙로, 아카데미 극장 옆 골목 등에서 자주 술을 마신 형님이라 근래에도 대구에 내려오면 일단 형님하고 만나 술잔을 같이 기울이는 것이 일상화되어 있는 터였다.

이날도 집에 함께 들어서자, 형수님은 정갈한 안주를 차려 주신다. 술을 입에 대지 못하는 형수님이지만 형의 술에 대하여 여유롭고 느긋하게 받아 주신다.

형이 술을 마셔도 술주정이나 큰소리가 없는, 점잖고 즐겁게 술을 드시는 타입이라 형수님의 신임을 받고 있는 것이다.

나 역시 형님께 술을 배운 탓인지 여유로움 이 느껴지는 술자리를 형님과 함께한다.

사촌 누님들이 올 때까지 주거니 받거니 하면서 많은 이야기를 나누었다.

술을 아예 입에 대지 않으시는 종손인 큰형님과 달리 나 역시 술을 마다하는 성격이 아닌지라 둘이서 제법 마시고 얼큰할 즈음에 누님 세 분이 들어와서 모두 함께 근처에 있는 유명한 오돌빼기집으로 저녁 식사를 하러 갔다.

모처럼 많은 식구들의 모임에 사촌 형님 두 분 모두 기분이 최고조에 올라 있으시다.

김해에 살고 있는 내 동생이자 사촌들의 막냇동생이 참석하지 못 한 것을 아쉬워하며, 오돌빼기의 맛도 느끼지 못할 만큼 좋은 기분으로 묵은 이야기들을 나누고 다시 집으로 돌아왔다.

아내는 모처럼 만난 형수님, 그리고 누님들과 재미있게 웃으며 애기를 나누고 있다. '이러한 모습들이 바로 가족이고 고향의 참모습이구나' 싶음을 가슴 깊이 느낄 수 있었다.

커피도 한잔 마시고 소화가 될 무렵이 되어서 둘째 형님이 한 말씀 하시면서 일어선다.

"동생, 내가 선물로 받은 고급 양주가 한 병 있다."

얼마나 고급술이기에 바로 가서 가져오지 않고 서론을 길게 하실까 싶어서 쳐다보며 말했다.

"무슨 술이기에 그러세요? 내가 아는 최고급 술은 그래도 발렌 타인 30년산은 되어야 하는데요."
"그래, 동생이 역시 술을 좀 아는구나. 그런데 내가 지금 가져올 술은 30년산이 아니고 자그마치 40년산이야."

아니, 40년산이면 천만 원이 넘을 텐데 누가 그런 선물을 주었나 하는 생각이 들었다. 대구 시내 모 대학 교수로 계시는 형님이 무슨 뇌물을 받을 리는 만무하고, 어디서 생겼을까?

일단 구경이나 하자는 마음에 "빨리 가지고 오세요."라며 독촉을 하였다.

그랬더니 거실 장식장이 아닌 안방으로 가서 가지고 나오신다.

가지고 나오는 발렌 타인을 힐끔 쳐다보는데, 아무래도 내가 아는 30년산 모양의 라벨이다.

"아니, 형님, 그건 30년산이잖아요. 아무리 눈이 나쁘셔도 30하고 40 구분을 못 하시는 건 아니실 텐데."

말은 구경이나 해 보자는 거였지만 40년산을 먹어 볼 거라는 기대감이 상당했는데, 조금은 실망감이 커지는 순간이라 투정 섞인 말투가 형님의 눈에도 보였나 보다.

빙그레 웃는 모습이 '동생아, 내가 그걸 모를 리가 있느냐' 하는 여유로운 표정이다.

"내가 이걸 왜 거실 장식장에 두지 않고 안방에 고이 모셔 두었는지 모르겠지? 집에 친구, 후배, 제자들 이렇게 많은 사람이 들락거리고 대다수가 술을 함께 마시는 사람들인데, 발렌타인 30년산이 거실 장식장에 떡하니 자리하고 있으면 누구의 입에서든 저것 땁시다, 하는 말이 나오지 않겠니?"

맞는 말이다. 나부터라도 그걸 봤다면 "형님, 저걸로 한잔하시죠."라는 말이 나왔을 것이다

"근데 30년산인데 왜 40년산이라고 하신 거죠?"

또 조금 전 술병을 들고 나올 때의 의미심장하고 여유로운 미소를 지으신다.

"실은 내가 이 술을 선물받은 게 10년 전이야. 지금도 마찬가지이지만, 그 당시에는 구경하기도 힘들 만큼 귀한 술이었지. 그래서 이 술을 언제 마실까? 가장 뜻깊고 기념되는 날 마시자. 그게 언제일까? 딸아이 시집가서 신혼여행 후 사위와 집에 오면 그날 사위와 같이 마실까? 아들이 결혼하는 날 마실까?"

나처럼 술을 즐겨하는 사람이 참으로 수많은 갈등의 시간을 보내며, 그야말로 인고의 시간을 이겨 내며 10년을 지내 오셨나 보다.

"발렌타인 30년산을 선물받아서 10년의 시간을 함께 지냈으니 이건 분명 발렌 타인 40년산이야. 안 그래, 동생?"

갑자기 가슴 한쪽이 뭉클해지면서 뭔가 찡해 온다.

그렇게 10년의 시간을 소중한 순간에 마시려고 참고 간직해 온 발렌타인을 오늘 나와 함께 하는 이 순간에 따자고 한다.

속으로 '맞습니다, 형님. 이건 40년산 발렌타인이 아니라 그보다 훨씬 오래된 최고의 술이 맞네요. 제가 보증할게요.' 하고 생각했다.

소파에서 아내와 누님들과 얘기를 나누시던 형수님이 말씀하셨다.

"맞아요, 삼촌. 형님이 얼마나 애지중지했는지 몰라요. 기분이 정말 좋으신가 봐요, 삼촌과 형제들이 모이는 오늘 그걸 꺼내 오시는 걸 보니까요."

가슴이 뭉클해지며 눈시울이 붉어 옴을 느꼈다. 그래, 이건 술이 아니다. 아무리 귀한 발렌타인이라 한들, 오늘 형제들과 함께하는 자리에 그걸 꺼내어 오신 걸 보면 얼마나 마음이 푸근하시고 얼마나 기분이 좋으시기에 그토록 아끼며 간직하던 걸 가지고 나오셨을까, 하는 마음에 형님의 얼굴을 다시 한번 쳐다보았다.

세상 어디에도 없을 것 같은 맛이다.

난 그날 술을 마신 게 아니다. 형님 마음의 한 부분을 함께 마셨고, 형님의 그 따뜻한 가족 사랑을 마신 것이다.

그날 형님과 나는 한 병을 거의 다 비웠다.

술에 취하는지 그 정에 취하는지 모를 만큼 맛있는 술을 마셨다. 마시면서 생각했다. 오늘 형님이 아끼고 애지중지한 40년산 발렌타인을 마셨으니 다음에 내가 발렌타인이 아니더라도 40년짜리 마음을 형님께 드리며 같이 한잔해야겠다.

지금도 그날을 생각하면 마음 깊은 한쪽에서 따뜻함이 올라온다.

아… 그런데 아직 난 40년산의 마음을 드리지 못하고 있다.

FULLY
MATURED
70cl ℮
VERY OLD
SCOTCH WHISKY
AGED 30 YEARS
BLENDED & BOTTLED BY

PART 7

아버지 2

가족에 대한 사랑

국립대전현충원 국립묘지

2021년 11월 27일 토요일, 1968년에 돌아가신 아버지가 53년 만에 국립대전현충원 국립묘지로 이장하여 묘지에 안장되셨다.

1953년 7월 27일, 화랑무공훈장이 수여되신 지 68년이란 긴 시간이 지나 훈장을 받으신 것이다.

아버지의 6.25 전쟁 참전 사실, 훈장 수여 등을 알아본 지 6개월의 시간을 보내면서 오늘에야 국립묘지라는 영광스러운 자리에 모시게 되었다.

아버지도 돌아가실 때까지 당신의 수여 사실을 모르신 채로 돌아가신 것이다.

동생, 제수씨, 아내 모두 나에게 수고했다고 격려의 말을 한다.

과연 내가 가족들에게나 주변의 모두에게 칭찬받을 만한 일을 했으며, 그럴 만한 자격이 되는 것인가?

아버지가 돌아가시고 나름 한 집안의 가장 노릇을 한답시고 중학교 시절부터 동사무소에 가서 전입신고, 전출 신고를 하고 집안의 모든 일을 한다고 했건만, 도대체 무얼 한 것인지….

50년의 세월이 지나도록 무심히, 아니, 무관심하게 아무것도 모르며 살아왔는데 이제 와서야 6개월의 시간에 걸쳐서 현충원 묘소에 안장했다고 칭찬받을 만한 일을 한 것인가?

자식으로서 당연히 해야 할 일을 무얼 하느라 이리도 늦게 일을 처리한 주제에 칭찬한다고 그걸 받아들이고 있는 건가?

동료의
4년 7개월 군 복무

세상일이란 게 참으로 알 수 없다고 하지만 아버지를 국립대전현충원에 모시기까지 나 역시 알 수 없는 일을 많이 겪었다.

2021년 초, 여름이 시작되는 어느 날, 평소와 마찬가지로 4명으로 이루어진 한 조는 사무실 차를 타고 마포구 근처를 순찰 중이었다.

3명이 동갑이고 9살 아래의 동생뻘 직원까지 같은 조인데, 1년 반 정도를 같이 차를 타고 다니다 보니 서로의 성격이나 생각까지 잘 알고 있는 터였다.

그중에서 생일이 빠르고 젊은 시절 육군제3사관학교를 졸업하여 장교로 군 생활을 마친 최현 반장(도로사업소에서의 모든 호칭은 반장으로 통용되고 있었다)의 주된 대화는 대다수 군대 스타일의 이야기이고, 군대 시절의 내용이 주를 이루고 있다.

홍얼거리는 노래 역시 군가 일색이어서 가끔 웃음을 주고 있다.

그날도 군대 이야기가 시작되기에 내가 장난삼아 최현 반장에게 물어보았다.

"최현 반장님은 군대 생활을 정확하게 얼마나 하신 겁니까?"

4년 반 정도의 군 생활을 이미 알고 있는 터였지만 무료한 차 안에서의 순찰 시간을 웃을 수 있는 분위기를 만들어 보고자 물어본 것이다.

최현 반장이 대답했다.

"정확하게 4년 7개월 했습니다."

나는 그 말을 듣고 "아니, 근데 평소 생활하시는 모습이나 말투, 행동으로 봐서는 4년 7개월이 아니라 거의 47년을 한 것 같아요."라고 하였다.

나의 말이 끝나자마자 운전을 하던 동갑 내기 강윤근 반장이 갑자기 말했다.

"아… 47년이라고 하니까 며칠 전 텔레비전 프로그램에서 본

이야기인데, 유복자로 태어나서 40년 가까이 군 생활을 하여 육군 대령으로 전역한 사람이 본인이 태어나기도 전에 돌아가신 아버지의 6.25 전쟁 참전 용사이셨던 사실과 업적을 찾아내어 당시의 공을 인정받아 무공훈장을 추서 받고 현충원으로 모셨고, 그게 본인의 군 생활 중 가장 잘한 일로서 어머니에게도 큰 효도를 한 것 같다고 좋아하는 모습을 봤어요."

조금은 생뚱맞게 돌출 발언을 했다는 생각이 들었다.

그런데 그 이야기를 듣는 순간, 그 옛날 어릴 적 어렴풋이 아버지에게 듣고 정확하지는 않지만 어머니에게도 들은 기억이 있는 6.25 전쟁 때 아버지와 친구이신 외삼촌은 함께 군대 가서 강원도 쪽에서 후퇴하면서 속초에서 계셨다는 이야기가 떠올랐다.

여태껏 수십 년을 지내 오면서 생각해 보지 않았던 일들이 갑자기 뇌리를 스치는 순간이었다.

"그래요? 나도 옛날 우리 어머니에게 들었던 것 같은데, 우리 아버지도 6.25 전쟁에 참전했다는 말을 들었는데. 그럼 나도 한번 찾아볼까요?"

그야말로 크게 생각 없이 말을 내뱉었다.

6.25 전쟁 참전 용사는 국가 유공자가 되고, 사망 시 국립묘지나 호국원에 안장되는 것 등 아무것도 몰랐었다.

매스컴에서 그러한 뉴스가 나와도 나와는 무관한 이야기로만 듣고 생각했던 것이다.

왜 그럴 때는 아버지가 참전 용사였다는 사실이 생각조차 떠오르지 않았을까?

앞자리에 앉아 있던 우리 일행 중 가장 젊은 윤재일 반장이 한마디 거든다.

"그럼 말 나온 김에 어차피 순찰 코스니까 삼각지 서울 보훈처로 가 보시죠."

윤재일 반장 역시 대학을 졸업하고 학사 장교로 군 생활을 마친 육군 대위 출신답게 모든 일 처리가 신속하고 결단력이 있다.

사람이 살아가는 중 모든 일의 발단은 그야말로 아주 사소함에서 시작되고, 남의 말을 귀담아듣고, 나에게 접목시킬 줄 아는 응용력이 중요하다는 것을 알게 되는 순간이었다.

서울 보훈청 2층으로 올라가서 물어보니 직원의 말이 보훈청은 모든 것이 확인되었을 때 뒤처리를 하는 곳이라고 쉽게 설명해 주며, 국방부에 확인해서 알아볼 사항인 것 같다고 상세히 일러 준다. 순간 어리석게도 '국방부라면 대전에 있는데 거기까지 가야 하나?' 그렇게 생각하고 있었는데, 자리의 직원이 국방부 담당자의 전화번호를 알려 주며 알아보시라 한다.

나 역시 공무원을 정년퇴직하고 또 몇 년째 시간 선택제 임기제 공무원이라는 5년의 계약직 공무원 생활을 하고 있지만 내가 공직을 시작한 90년대 초반하고는 격세지감을 느끼게 할 만큼 모두가 친절하고 신속하고 철저하게 업무 처리를 하고 있다.

본격적인 참전 용사 확인 등, 끝내는 현충원 안장까지의 일은 그렇게 시작된 것이다.

국방부 직원의 말이 돌아가신 분의 병적 증명서를 먼저 떼어서 군번 확인이 중요하다며 가까운 주민센터 방문을 권한다.

갑자기 마음이 급해지고 빨리 확인해야 할 것 같은 기분이 들었다.

근처 마포구 주민센터로 가면 바로 발급이 될 것이란 생각으로 들어가서 요청하니 병무청으로 전화하여 팩스로 발급받는 절차를 밟아야 하며, 아버지의 사망이 대한민국의 주민등록번호가 생기기 3개월 전에 돌아가셔서 어려움이 있다며 먼저 병적증명서를 발급받으려면 제적 등본을 발급받아 출생지와 사망장소 등을 확인하자고 한다.

병적 증명서 발급 시간이 30분 이상 소요될 것이라고 전해준다.

생각했던 것보다 많은 일들을 필요로 하는 건 생각도 못 했는데….

내 얼굴에서 초조함과 다급함이 담당 여직원의 눈에도 비쳤는지 병무청 담당자에게 또 전화를 하며 빠른 발급을 요청하고 있다.

20분쯤 지나 팩스가 도착했다. 담당 직원에게 고맙다는 인사도 제대로 못 할 만큼 흥분된 마음으로 팩스를 받아 들고 직원들이 기다리고 있는 차로 돌아왔다.

모르고 살던 사실들을 많이 알게 된다. 메모를 하며 익혀 두었던 과정들이 나중에 또 다른 가족에게 도움도 주고, 크나큰 일상을 배우게 된다.

먼저 국방부 직원이 일러 준 정보는 6.25 전쟁 참전 용사의 확인 사실은 1950년 6월 25일부터 휴전 협정이 이루어진 1953년 7월 27일 사이에 단 하루라도 군 생활 중이어야 한다는 것이었다.

참으로 큰 중요한 사실을 접한 순간이었다.

다행히 아버지는 전쟁이 발발하자 1950년 9월에 입대하셔서 휴전 협정 후 1954년 8월까지 근무하시고 육군하사로 전역하셨기에 참전 용사의 명예로움을 당당히 지니시게 되었다.

병적 증명서에서 그러한 사실을 확인하는 순간, 나도 모르게 큰일을 해냈다는 뿌듯함과 국립묘지나 호국원에 아버지를 모실 수 있게 되었다는 마음에 뭉클함과 함께 혼자만의 감격스러움에 눈물을 글썽이게 된다.

급한 마음에 머릿속이 많은 생각으로 복잡해져 온다.

항상 좋은 일은 알리라는 말이 있듯이 친구에게 이러한 사실을 말했더니 하사로 전역을 하셨다면 전쟁 중이라 아마 훈장을 받으셨을지도 모른다며 확인해 보라 한다.

생각지도 못해 보았던 일들로 무언가 잘될 것 같은 기분에 부리나케 국방부로 다시 전화했더니 이메일 민원을 신청하라고 한다.

다음 날 답신을 받았는데, 1953년 7월 27일 자로 화랑무공훈장에 추서되어 있다고 한다.

아… 이럴 수가. 이러한 사실을 아버지는 모르고 돌아가셨고, 나 역시 아버지의 영광스러운 사실을 생각지도 못하고 살아온 것이다.

나의 아버지가 이렇게 영광스러움을 지니신 분일 줄이야 상상이나 했겠는가?

처리하는 과정에서 인터넷도 검색해 보고 주변에 물어보기도 하다 보니 많은 것을 알게 되었다.

우선 호국원과 현충원의 차이점이 참전 용사 중에서도 무공훈장을 수여받은 자만이 대전광역시와 서울특별시 동작동의 현충원에 모셔질 수 있다는 것이다. 그리고 동작동에는 이미 묘지 안장할 자리가 없고, 대전광역시에는 묘지 안장이 조금 남아 있다는 사실을 확인했다.

이러한 사실들이 앞으로의 일 처리에 많은 도움이 되었다.

갑자기 주어진 일들에 정신을 차릴 수 없이 혼미해지는 기분을 느끼며 앞으로 해야 할 일들이 무엇인가 생각하게 되었다.

대구광역시 범물동의 가톨릭 공동묘지에 계시는 아버지의 산

소 파묘에, 화장은 어디서 하며, 기타 등등 많은 일이 눈앞에 닥쳐오는 기분이다.

혼자 생각에 지금의 사업소에서 2023년 2월 말에 퇴직하면 마침 그때가 윤달이니까 앞으로 1년 8개월, 많은 시간을 이용하여 이장, 화장 등 일을 처리하자 하는 생각이었다.

아내와 의논을 하니 주변의 이야기를 들어서인지 화장하는 건 윤달을 따지지 않는다고 되도록 빨리 하자는 의견을 주었다. 주변의 친구들 역시 빨리하는 게 좋을 것 같다고 한다.

그러던 중 그해 2021년 9월 초 대전광역시 현충원 묘지에 안장할 수 있는 기수가 2,000여기 남아 있다는 걸 인터넷에서 확인하고 나니 마음이 더욱 급해지는 것이었다.

'그래, 시작해 보자.' 하는 마음으로 알아보기 시작했다.

파묘하기 위해 대구 주교관에 연락하여 서류를 준비한 후 대구광역시 범물동 가톨릭 묘지 현장 사무실에 2021년 11월 26일 파묘 예약을 해 두고, 사진은 두 달 전 추석에 벌초 가서 찍은 사진을 준비하고, 국립대전현충원에 전화하여 자세히 문의하고,

인터넷으로 접수한 후 대구 가까운 곳 화장장에 현충원 안장 하루 전인 파묘일 11월 26일 오전으로 화장장 예약까지 마쳤다.

남들이 들으면 우스울 것 같지만 마치 집안의 큰 잔치를 준비하듯 나는 머리를 짜내어 가며 그야말로 만반의 준비를 마쳤다.

그러다 알게 된 건 화장장마다 다른 곳도 있지만 대구광역시 화장장은 참전 용사나 그 유가족은 화장 비용인 70만 원을 따로 들일 필요 없이 무료로 해 준다는 것이다. 참으로 여러 가지 많은 혜택이 주어진 것이다.

참전 용사 외삼촌, 호국원

몇 개월에 걸쳐 아버지의 이장 문제나 현충원 안장 문제를 해결해 나가면서 떠오른 생각이, 아버지와 같이 군대 생활을 하셨다던 친구이자 돌아가신 외삼촌의 생각이 났다.

외사촌 동생들에게 연락을 취하여 그동안 이번 일을 추진하면서 메모해 두었던 것을 동생들에게 알려 주었다.

외사촌들 중 막내 여동생인 나영미는 생각이 빠르고 행동과 추진력이 뛰어났다. 막내 여동생이 말하길, 이미 화장을 했기에 유골이 남아 있지 않았지만 일종의 예약이랄까, 유가족, 즉 외숙모가 돌아가시면 위패와 함께 호국원에 모실 수 있음을 확인하고 처리해 두었다고 한다.

약 1년 후인 2022년 가을, 요양원에 계시던 외숙모가 돌아가셨다.

나도 부산으로 내려가서 빈소에서 만난 외사촌에게 화장장의 참전 용사 유가족도 무료로 할 수 있는 곳이 있음을 알려주었다.

신속한 동생들의 일 처리로 장례에 도움을 주었다. 젊은 시절의 외숙모와 외삼촌의 고마움에 조금이나마 보답할 수 있었다.

나의 어린 시절 자그마한 기억이 두 분을 영천 호국원으로 모실 수 있었다는 것에 큰일을 해내었다는 뿌듯함이 온다.

화랑무공훈장
(아버지의 선물)

11월 26일, 새벽 일찍 아내와 대구로 가서 파묘한 아버지의 시신을 모시고 멀지 않은 화장장으로 가서 국가 유공자다운 화장장 직원들의 깍듯하고 예의 바른 존중의 절차를 마치고, 사촌 형님과 만나 그간의 이야기들을 하며 밤을 지내고, 다음 날인 11월 27일 아침에 김해 사는 동생과 제수씨, 조카, 동탄에 있는 아들과 며느리, 손녀까지 모두가 국립대전현충원에서 만나기로 약속해 두고 아내와 함께 대전으로 향했다.

우연한 일인지, 그날이 내 생일날이었다. 괜한 마음의 위로인지 모르지만 아버지를 모시는 날이 내가 다시금 태어나는 듯한 좋은 기분을 가져 본다.

2015년 1월 아들 결혼식 이후, 우리 식구들과 손녀까지 7명이 모두 모인 기쁜 날이다.

아버지를 새로이 모신 국립대전현충원 묘역 앞에 7명의 가족이 모두 모이니 갑자기 눈물이 핑 돌면서 감정이 북받쳐 오른다.

마치 내 살아생전에 내가 해야 할 일을 다 마친 그러한 느낌이다.

그래, 아버지가 돌아가신 이후 53년 동안 아버지란 존재를 잊어 본 적 없이 살아왔다. 그러나 나는 아버지를 위해 한 일이 없었다.

하지만 39살에 돌아가신 아버지는 어떠하신가?

오늘의 이러한 자리를 아버지는 알고 계셨던 건 아닐까?

자식에게 다 못한 일이 있다는 걸 알고, 어머니에게 다 못해 준 사랑이 있다는 걸 아시고 53년이 지난 오늘에 이렇게 우리 가족 앞에 오실 걸 알고 계신 건 아닐까 싶다.

늦었지만 어머니에게 아버지 대신 훈장을 수여받게 하고 참전용사 유가족 명예 수당을 받게 해 주시고, 보훈청에서 수당을 받게 해 주시고, 이 모두가 이제까지 두 아들의 자립을 지켜보시다가 어머니에게 잊지 않고 있다는 무언의 표시를 하늘에서 보내시는 게 아닌가 하는 마음이 든다. '아들아, 이제 네가 내 훈장을 찾아다오.' 하는 걸 알렸기에 나 역시 이제야 그러한 마음이 들었던 게 아닐까?

부모의 끝이 없는 사랑을 간직하며 나 역시 아들과 며느리, 손녀, 아내에게 나의 죽음 이후에도 사랑을 잊지 않고 느끼는 사람으로 거듭나는 삶을 살아가야겠다.

증손녀가 드리는 헌화

PART 8

아줌마이고 싶은 우리 홍 여사

평택으로 이사 온 지 벌써 2년이 지났다.

나이가 좀 들기 시작함을 느끼게 되는 게, '아직'이란 단어보다 '벌써'라는 단어를 자주 사용하게 되는 데서 시간의 충격을 받게 된다.

외식을 좋아하는 우리 부부로서는 근처에 식당 하나 없이 부동산과 편의점만 있는 평택지제역의 황량한 벌판이 쉽사리 정이 갈 수가 없을 것이다.

그래서인지 아내는 일주일에 두 번을 서울 녹번동 사회 복지관의 피아노 교습, 그리고 홍대 근처의 학습관에서 오랜 시간 배워 온 일본어를 배우기 위해 왕복 4시간의 먼 길을 마다하지 않고 열심히 가는 건 평택에 정을 제대로 붙이지 못한 탓과 아직은 거의 평생을 살아왔던 서울의 정이 클 것으로 보인다.

가끔씩 소파에 앉아 여유롭게 들려주는 아내의 웃고픈 이야기들은 서로를 바라보며 우리를 다시금 발견하게 하는 계기가 된다.

가방을 메고 여느 날처럼 신도림역에서 2호선으로 갈아타기 위해 계단을 올라가는데, 뒤에서 젊은 여자의 목소리가 들려왔다.

"할머니 가방 지퍼 열렸어요."

순간 '설마 나?' 하고 물어보고 싶었다.

하지만 순간적으로 주변을 돌아볼 것도 없이 답하고 말았다.

"아, 고마워요."

8살 손녀에게 자주 접하던 할머니란 단어인지라 받아들이는 데 대한 어색함이나 거리낌은 없었다.

'이 아가씨가 나의 앞모습을 보지도 않았는데 뒤에서 보고 할머니인 줄 어떻게 알지?'

의구심과 함께 아이들이나 젊은이들의 눈에는 보이는 것만이 전부가 아닌 심미안을 가지고 있나 보다, 하는 생각을 가질 수밖에 없었다.

나의 모습이 뒤에서 보는 걸음걸이 모습에서도 벌써 할머니로 비치는가 하는 일말의 씁쓸함이 온몸을 뒤덮는 기분이다.

통상적으로 우리 사회에서 물건을 사러 가게에 갔을 때에는 사모님이란 호칭을 자주 듣게 된다.

백화점이나 구멍가게에서 아줌마라고 칭한다면 물건을 팔기는 고사하고 꽤 언성이 높아지는 소란스러움이 생길 것이다.

앞서 쓴 글이 할머니라는 호칭에 놀란 아내의 이야기와 연결될지는 모르겠으나 며칠 전 아내와 거실에서 텔레비전을 보던 중, 아내가 갑자기 뜬금없이 한 말이 있다.

"이젠 아줌마 소리가 듣고 싶어."

동시에 약간의 한숨을 섞어서 이야기한다.

그런데 그 말이 참 많은 것을 생각하게 하는 말이다.

약간은 격이 떨어지는 말처럼 들릴 수 있겠지만, 이 나이쯤 되니까 아줌마하고 불러 주는 소리가 더 좋고 고맙단다.

귀여움을 느끼게 하는 아내의 말에 그냥 웃고 말았지만 순간 가슴이 찡해지면서 아려 오는 것을 막을 수가 없었다.

오랜 세월 아내와 함께한 흔적이 묻어나는 이야기를 긁적여 본다.

2022년 퇴근길 전철 안에서

PART 9

예방 주사 맞는 날

독감 예방 접종은 어디에?

1999년 11월 초순께, 출근해서 몇 가지 서류들을 정리하여 결재 올리고 평소대로 직원들과 같이 순찰 점검을 나갔다.

잠깐의 의논을 거친 후 모처럼 강남 방면을 나가 보자는 결론을 내리고 양재역을 지나 3호선 대치역 사거리 신호를 받고 정차 중이었다.

우연히 쳐다본 건너편 건물 2층에 '독감 예방 주사 접종'이라고 유리에 크게 붙어 있는 걸 보았다.

당시 내 나이가 45살이었지만 겨울이 다가와도 독감 예방 주사를 맞아야 한다는 생각을 해 본 적이 없었다.

그만큼 아직은 건강했고 감기도 잘 걸려 보지 않았던 시절이었던 것이다.

그런데 그 글씨를 보는 순간, '내가 사십 대 중반이구나' 하는 생각과 함께 '이젠 나도 독감 예방 접종을 해야 할 나이가 아닌가?' 하는 생각이 들었다.

나를 포함해 차에 같이 타고 있는 4명의 직원 중 내가 나이가 제일 많다는 사실을 앞세워 직원들에게 명령이 아닌 양해를 구하고 병원을 올라갔다.

그 병원은 조그마한 내과였는데, 생각보다 많은 환자들이 대기하고 있었다. 일단 접수를 하고 둘러보니 어린아이들과 노인들이 거의 자리를 차지하고 있었다.

거의 대부분의 환자들이 독감 예방 주사를 맞으러 온 탓인지, 얼마 되지 않아 안경을 낀, 나이가 어린 조그마한 간호사가 내 이름을 호명한다.

다시 내 이름을 확인하고는 하얀색의 커튼이 내려진 곳을 가리킨다.

"저기 주사실로 가세요."

간이침대가 한 개 놓여 있는 주사실에 들어서니 괜한 긴장감이 감돈다.

'내가 주사를 맞아 본 것이 언제쯤인가?' 하는 생각을 하면서 바지를 엉덩이에 걸쳐지게 조금만 내리며 주사 맞기 편한 자세를 취하기 위하여 앞에 있는 간이침대에 엎드리는 순간, 커튼이 열리며 간호사가 주사기를 들고 들어왔다.

내가 돌아보며 간호사와 눈이 마주치는 순간, 나에게 들리기에는 거의 간호사가 비명 같은 소리로 말을 내질렀다.

"아니, 아저씨! 바지는 왜 벗어요?"

답변할 사이도 없이 바지를 올리며 간호사의 비명 같은 꾸짖음에 놀란 나는 대답했다.
"아니, 난 독감 예방 주사 맞으려는 건데요…."

순간 내가 당황하며 답변한 건 '간호사가 왜 저러지?' 하는 생각 때문이었는데, 눈이 마주친 간호사의 안경 너머 눈빛이나 고함치듯 말하는 그 말투에서 내가 치한이라도 된 느낌이 들었기 때문이었다.

그러던 중 간호사가 말했다.
"아저씨, 독감 주사는 팔에 맞아요."

무어라 대꾸할 말을 잊고 창피함과 민망함에 벌게진 얼굴을 숨기려고 윗옷 소매 단추를 풀고 왼팔에 주사를 맞았다.

그 짧은 순간에 속으로 '아이쿠, 바보야, 바보! 바보! 이게 무슨 망신인가?' 하고 수없이 외쳤다.

어릴 적부터 주사를 무서워하고 아파했는데, 그때는 그러한 아픔을 느낄 정신도 없었다.

옷을 제대로 입고 나와서 계산을 마치고 간호사에게 "미안합니다."라고 인사를 하는데 나의 자격지심 탓인지 인사를 받으며 쳐다보는 눈빛이 영 편치를 않아 보였다.

마치 나가자마자 동료들끼리 수군댈 것만 같은 눈빛이었다.

그다지 추운 날씨도 아니었는데 복도만 나와도 살 것만 같은 후련함과 시원함이 느껴진다.

차에서 기다리고 있는 직원들에게 기다리게 해서 미안하다는 말과 함께 올라타며 나도 모르게 휴! 하고 한숨이 나왔다.

운전석에 앉은 후배 직원이 쳐다보며 내게 물었다.

"병원에서 무슨 일 있었어요? 웬 한숨을 다 쉬어요? 얼굴도 빨개져 있고."

순간 뭐라고 해야 하나? 아무 일도 없었다 하면 되는데 그때는 왜 말을 해야 한다는 생각이 들었는지 모르겠다.

잠시 치한이 되었다는 이야기를 할 수도 없고, 그야말로 난감함이 덮쳐 온다.

무슨 일이 있음을 짐작한 직원들의 등쌀에 이실직고할 수밖에 없었다.

이실직고하기 전, 직원들에게 혹시 독감 예방 주사 맞을 때 어디에 맞는지 아느냐고 물었더니, 하나같이 하는 대답이 "팔에 맞지 어디 맞아요?" 하고 간단명료하게들 답한다.

한 직원이 "왜요?"라는 질문과 함께 "혹시 엉덩이에 맞는 줄 알고 바지 내린 거예요?" 하고 덧붙였다.

참으로 쥐구멍이라도 파고 들어간다는 말이 나에게 어울리는 시간이었다.

“실은 주사실로 들어가라는 간호사의 말에 혼자 먼저 들어가서 내 딴에는 조금이라도 시간을 줄여 준다는 배려심에 바지를 내리고 간이침대에 엎드리는데, 간호사가 들어와서 기겁하듯 바지는 왜 벗느냐고 하더라. 그야말로 치한이 되어 버렸네.”

좁은 차 안에서 한바탕 박장대소에 난리가 났다.

내가 생각해도 참으로 우스운 일이긴 한데, 왜 난 모든 주사는 엉덩이에 맞는다는 생각을 한 건지 알 수가 없다.

어릴 적 초등학교 4학년 때쯤, 어딘가 아파서 어머니와 같이 병원에 가서 엉덩이 주사를 맞는데, 얼마나 힘을 주고 있었던지 간호사 말이 주사기 부러지면 큰일 난다고 힘을 빼라고 하면서 계속 엉덩이를 찰싹 때리던 기억이 평생 남아 있는 탓인가?

그때부터 아마도 일종의 트라우마가 형성되었을지도 모른다는 생각을 해 본다.

그 후로도 이상하게 주사만 보면 두려움부터 생기고 다른 사람이 주사 맞는 건 고사하고 텔레비전에서 주사를 맞거나 수술 장면도 쳐다볼 수가 없는 성격으로 바뀌었다.

올라갈 수 없는 나무였지만 의대를 가지 않길 참으로 잘했다는 생각을 가끔 해 본다.

긴 시간이 지난 근래에 가끔 당시 직원들을 만나 술이라도 한잔할 때면 놀림을 당하곤 한다.

“형님! 요새도 독감 주사 맞을 때 바지 벗어요?”

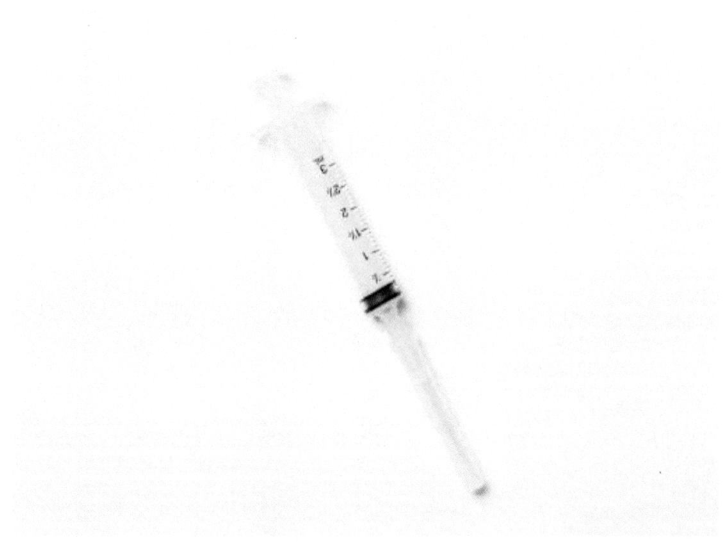

PART 10

인도에는 인도가 없었다

공존의 시간들

인도를 여행하려면 천천히 그리고 그렇겠거니 하는 마음을 가지고 가라고 했다.

우리나라에서처럼 '빨리빨리'라는 생각은 버리고 모든 것을 한 박자 쉬면서 바라보라고 했다.

뉴델리의 인디라 간디 공항에 도착한 후 한국에서 출발 전에 사전 입국 비자 발급이 되지 않는 나라이다 보니, 도착하여 에어컨도 시원치 않은 공항 한쪽에서 입국 비자를 발급받기 위해 우리 일행은 두 시간을 줄 서서 기다려야 했다.

공항 밖을 나서지도 않고 여행을 시작하지도 않은 시점에서 아무리 인도라고 생각하더라도 부족한 나의 성품 탓인지 짜증이 나기 시작했지만, 인도가 이런 곳이었나 하고 인도를 처음으로 이해하는 마음으로 스스로 위안을 하여야 했다.

공항을 나서자 가이드의 하는 말이 그래도 우리는 입국 비자를 빨리 받은 편이라 한다. 지난주 입국 여행객은 일곱 시간 만에 나왔다고 하니 어이가 없었다.

인도에 첫발을 내딛는 순간 알 수 없는 익숙하지 않은 향, 그리고 후끈한 더운 바람이 얼굴을 뒤덮는다. 하지만 나의 선입견을 지우고 기분 좋은 생각을 가지려고 크게 개의치 않았다.

버스에 오르자 별도의 설명도 없이 인도의 여유로움을 가지기 위해 노력하는 나의 마음에 또 한 번의 찬물을 끼얹는 말을 들었다. 인도인 현지 가이드의 어눌한 한국어 첫 마디가 "숙소에 가시면 양치하실 때 꼭 생수로 하세요."였다. 헛웃음이 나온다.

과거 서울특별시 수도사업소에 근무했었던 경험이 있어서인지 그 말의 뜻이 어떠한지 누구보다 실감 나게 다가왔다.

더 이상 어떤 설명도 필요치 않은 인도의 많은 것이 함축된 말처럼 다가온다.

버스에 탄 일행 중 어느 누구도 그에 관한 질문이 없다.

모두들 이해를 한다는 것인지 충분히 각오하고 왔다는 것인지, 나로서는 애매한 무응답이었다.

공항에서 첫날 묵을 호텔까지는 30분 정도의 멀지 않은 거리였다. 일행들의 애매했던 무응답은 오래 가지 않았다.

창밖에 보이는 어수선함은 그야말로 난장판이다.

버스, 택시, 승용차, 오토바이, 릭샤. 바퀴 달린 모든 것은 쉴 틈 없이 경적을 울리며 달리고 있다.

사거리나 골목에서 나올 때나 먼저들 빠져나오려고 정신없이 경적을 울린다.

조금 달려서 호텔에 곧 도착한다는 말과 함께 창밖에 보이는 시장 근처의 모습은 한마디로 가관이다.

순간 '이건 아닌데…' 하는 생각이 든다. 마치 인도의 여유로움에 동참하려는 나에게 "넌 안 돼."라고 말하는 것처럼 세상의 모든 소음이 나의 온몸을 뒤덮는다.

인도 위에는 자전거 오토바이 등이 뒤엉켜 틈새를 비집고, 사람이 오가고 있고, 개들이 어슬렁거리며 걷고 있었다.

창가 자리에 앉아 창밖을 보고 있는 아내의 표정에서 뭔가 떨떠름함이 보이는 것 같다.

인도에 도착해서 버스를 타고 달린 지 30분이 되지 않아 내가 느끼고 있는 인도를 어떻게 아내에게 이야기해야 하나? 하고 걱정이 밀려들었다.

그나마 다행인 것은 숙소에서는 경적 소리가 들리지 않는다는 것이다.

다음 날 아침, 출발하면서 보이는 근처 하천의 모습은 그야말로 다른 말이 필요 없는 쓰레기 하치장이라고 할 수 있었다.

남의 나라에서의 종교적 존경심까지는 아니더라도 최소한의 예의를 갖추려면 그곳의 법을 지켜야 할 것이다. 이름도 외우기 힘든 인도의 사원들 중에는 모든 소지품을 맡겨 두고 들어가거나, 대다수 신발과 양말을 벗고 맨발로 가야 하기도 하고, 힌두교 사원은 맨발에 발을 씻고 머리에는 히잡은 아니더라도 남녀 모두 주홍색 두건 같은, 일종의 히잡을 쓰기도 한다.

델리 외곽의 연꽃을 닮은 사원을 보고 자이푸르로 이동하는 다섯 시간 동안의 거리의 풍경은 나에게 새로운 연구 과제인 것 같다.

서울시청 교통국에서 퇴직한 지가 8년이 되었건만, 25년을 근무하다 보니 모든 게 교통 관련에 익숙해져 있는 것인지 어디 여행을 해도 그 나라의 도로 상황과 교통, 그 외 생활상을 가까이 보기 위하여 앞이 잘 보이는 통로 쪽에 앉게 된다.

영국의 지배를 받았던 탓인지 우측 핸들에 좌측통행이라 밖을 쳐다보다가 가끔은 깜짝 놀라는 경우도 생긴다.

버스 안에는 우리 일행들의 안전을 책임지는 운전기사 그리고 한국에서 6개월 동안 어학원을 다닌 후 인도에 돌아와서 일하고 있는 우리 가이드와 또 한 명의 현지 가이드, 그리고 운전기사의 조수가 같이 타고 가끔 밖을 보며 급작스레 끼어드는 차량에 손짓을 하며 큰 소리로 항의하는 모습을 볼 수 있다.

아마도 모든 것을 사람의 손과 발로써 해결하는 모습은 물가가 비싼 유럽과 달리 세계 1위의 14억 인구를 활용하는 전형적인 인도의 한 단면을 보고 있는 것 같다.

분명 고속 도로를 달리고 있는데, 오토바이도, 우리가 타고 있는 버스 곁을 달리고 있고 릭샤도 가끔 지나간다.

고속 도로 곁의 작은 도로에는 소와 원숭이가 같이 사이좋게 앉아 심각한 대화를 나누고 있고, 도로에 경계 턱이 없다 보니 머리에 바구니를 얹은 아주머니는 대강 주위를 살피고 나름 대로의 안전이 확보되면 고속 도로를 무단 횡단 하고 있다.

더 재미있는 건 고속 도로 중간 철책이 없는 곳에서는 앞서가는 차량들이 유턴을 거침없이 하고 있다는 것이었다.

내가 지금 21세기 IT 강국이라 자부하는 나라 인도에서 제대로 여행을 하고 있는 것이 맞나? 많은 사람들의 말과 글에서 읽은 인도의 현실인 것이다.

과연 나는 이 모든 것을 일주일 만에 이해하고 즐기며 여행을 마칠 수 있을까?

내 생각과 마음을 정리하고 안정시키지 않으면 안 될 것 같은 시간이 온 것 같다.

남은 6일간의 여행에서 인도와 함께하지 않으면 인도로부터 내가 도태될 것 같은 생각이 든 것이다.

버스가 달리는 중 곁에 차량이 지나가면 그 차량은 영락없이 경적을 울린다. 그리고 2차선 도로를 달리고 있는 차량을 지나

추월할 때면 내가 타고 있는 버스 역시 경적을 울리며 달렸다. 그러다 보니 주변의 달리는 모든 차량은 열심히 경적을 울리면 달리게 되고 내 머릿속은 적응을 잘하는 성격 탓인지, 금세 익숙해지기 시작한 것이다.

아니, 빠른 시간에 적응하여 익숙해지지 않으면 안 될 것 같은 두려움까지 생겼다.

함께 공존하지 않으면 남은 시간을 버틸 수 없겠다는 생각이 들면서 불현듯 떠오르는 생각이 있었다.

이곳 인도는 왜 차량들이 경적을 울리며 다닐까?

습관적일까? 아니면 먼저 가려고?

내가 탄 버스의 기사 얼굴에서 표정을 보았다.

악의 없는 표정이었다. 경적을 울릴 때 기사의 표정을 몇 번을 보면서 생각하고 누군가 끼어들 때 기사의 표정이 어떠한지 보았다.

무언가 느껴지는 게 있다.

그들은 지금 경적의 울림이 감정적 표현이 아닌 것이다.

한국에서 가끔씩 울리는 경적은 거의 감정적이다. 나 역시도 대다수 급차선 변경으로 끼어드는 차에게 '왜 갑자기 들어와서 사람을 놀라게 하느냐? 사고 날 뻔했지 않느냐?' 하는 항의 표시로 감정을 섞은 클랙슨을 세게 누를 때가 있었다.

하지만 이곳 인도에는 누르는 사람이나 지나가는 운전자들 역시 모두가 온화한 표정, 아니, 차라리 무표정이라고 해야 할까?

왜? 인도의 운전자들은 클랙슨의 울림이 감정이 아닌 것이다.

단순한 알림인 것이다.

다시 말하면, 인도의 클랙슨은 "비켜!"라는 외침이 아니라 내가 네 곁을 지나가고 있으니 조심하라는 의미인 것이다. 그러한 알림에 누가 화를 낼 것인가? 경적을 울린 사람은 나의 사고를 방지하기 위해서 울려 주는 것이라 할 수 있을 것이다.

마치 우리 고속 도로에서 비틀거리는 졸음 운전자에게 경적을 울려 주듯이 고마움의 행위인 것이다.

갑자기 앞에 보이는 인도의 도로, 자동차들이 다시 보이기 시작했다. 마치 상대의 깊은 뜻을 이해하여 좋은 친구로 맺은 듯한 상쾌함이 왔고, 마치 오랫동안 풀리지 않던 수학의 공식을 푼 것 같은 기분이다.

공존하는 세상, 인도를 본 것 같았다. 물리적 공존이 아닌, 인간의 내면에 존재하는 감성적 공존을 본 것이다.

하지만 한국에서 오랫동안 접하지 않았던 클랙슨 소리의 익숙하지 못한 시끄러움까지 내 마음을 다스리지는 못한 것 같다.

그래도 함께 온 버스의 일행 들 중 내가 가장 먼저 인도의 한 부분을 이해했다는 것은 인도를 여행할 라이선스를 획득한 것 같은 기분이다. 다들 나보다 먼저 라이선스를 취득한 건 아니겠지?

내가 아직 많은 것을 배워야 하는 나라

학문의 과정에는 끝이 없듯이 넓은 땅, 많은 인구의 나라에서 경적 소리의 이유를 밝혔다고 해서 모든 것을 익힌 것은 아닐 것이다.

우리가 사진을 찍는 이유 중 하나는 새로운 것을 보고 오래 남기고 기념하고 싶은 것이다.

인도의 많은 사원을 다니다 보니 대다수의 여인네들은 인도의 전통 의상인 3미터 이상의 바늘 자국이나 실로 꿰매지 않은 '사리'라는 아름다운 옷을 입고 다닌다.

실이나 바늘 자국은 부정 탄다는 생각을 가지고 있단다. 마치 식당이든 어디든 타인이 사용하던 숟가락을 사용하지 않고 자신의 손을 더 깨끗하게 생각하는 개념과 같다고 볼 수 있을 것이다.

전통 의상을 쳐다보는 아내와 나, 함께 온 일행들 모두 신기한 듯 쳐다보며 예쁘다는 생각을 해 보게 된다.

일행 중 누가 사리를 입은 여인에게 사진을 같이 찍기를 요구했더니 기다렸다는 듯이 주변에 있던 10여 명의 인도 여인네들이 우르르 몰려와 같이 찍고 자신들의 휴대폰으로도 계속 찍기를 요구한다.

또 나의 원인을 파악하는 습관 때문에 이에 대해 깊게 생각해 보고, 궁금증이 들어 분석을 해 보게 된다.

한국인이나 외국인들이 인도를 여행하는 대다수의 지역은 알려지지 않은 남부 지역보다 아그라, 자이푸르, 뉴 델리 등 볼거리가 많은 북부 지역일 것이다.

특히 세계적 건축물이라 할 수 있는 타지마할은 인도 사람들에게도 최고의 관광지인 것이다, 14억 인구의 세계 1위 국가 그리고 세계 7위의 광활한 면적의 인도에서 남쪽 지역의 사람들이 북쪽 지역으로 관광을 오는 숫자 역시 대단할 것이다.

그러면 전통 복장인 사리를 입은 인도의 여행객들은 왜 외국인 관광객들과 사진을 찍으려 하는 것일까?

인도의 북쪽 지역으로 여행 오는 인도 사람들 대다수가 남쪽 지역에서 3시간 이상의 비행기를 타고 오는 사람들인 것이다. 자신들이 살던 지역에서 평생을 살아오면서 한국인을 포함하여 외국인 관광객을 거의 보지 못하고 살아온 사람들인 것이다.

우리가 사리를 입은 여인들과 기념사진을 찍고 싶어 하듯이 그들 역시 외국 여행객들과 기념사진을 찍고 싶어 하는 것이다.

우리 일행들은 본의 아니게 모델이 되어 인도인들의 사진첩에 한 페이지를 장식하게 되었다.

비논리적인 것을 싫어하고 명쾌한 결론을 좋아하는 성격 탓인지 여행에서의 사소한 발견은 나에게 새로움이고 여행의 또 다른 맛과 상쾌한 기분을 가지게 된다.

이번 나의 인도 여행은 인도에 대한 나만의 해석을 발견하고 그들의 생활 안에서 함께 공존하는 법을 배워야 할 것 같다.

항상 여행을 가면 보이는 것에서 먼저 느끼고 느껴지는 것에서 내 생각을 더 했는데, 이번의 인도 여행은 보는 게 전부가 아니란 생각을 깊은 곳에 깔고 한 박자를 쉬는 게 아닌, 한 번 더 생각하며 인도를 보고 느끼는 새로운 여행을 해 나가야 할 것이다.

함께해야
행복한 시간들

난 인도에서 아직 익숙하지 않고 아직은 시끄러운 클랙슨 소리지만, 하루 만에 시끄러움 속에서 그들이 함께 살아가는 감성의 공존을 조금은 익혔다.

이제 난 많은 사람들이 인도는 그렇겠거니, 인도니까 하는 어디에서나 눈에 보이는 소 그리고 원숭이 등과 신기하게 공존하며 살아가는 동물과의 물리적 공존을 익히는 시간을 만들어야 할 것 같다.

그동안 아내와 함께한 유럽, 아시아, 호주 등 20개국의 이상의 나라를 여행하면서 나는 눈에 보이는 유적지와 사물들에 대하여 내가 미리 공부해서 익힌 역사적 사실과 그와 유사한 가이드의 설명만을 듣고 나만의 주관적 해석 없이 과거를 눈으로 쳐다보는 여행만을 한 것 같다는 생각을 처음 가져 보았다.

조금은 부끄러운 한 부분이 있었던 게 아닐까 하는 자성의 시간을 가져 본다.

동물을 싫어하는 터라 많은 동물이 나의 시야에 들어오는 것을 즐기지는 않는다.

함께 온 일행들처럼 '인도는 원래 그러니까' 하는 시각으로 본다면 아무렇지 않을까? 하는 생각도 해 보았다.

불과 3일 동안 두 개 도시를 지나면서 보이는 동물이 소와 개뿐만이 아니었다.

관광지마다 보이는 코끼리 그리고 낙타, 관광객들의 휴대폰이나 생수병을 노리는 원숭이, 사원의 잔디밭에는 가끔 날개를 활짝 펴고 아름다움을 뽐내는 공작새까지 있고, 코브라를 놀리며 피리 부는 악사까지 있다.

나를 놀라게 하는 건 가끔 더운 날씨의 시장 길복판에 거의 큰 대 자로 누워서 오수를 즐기는 듯, 귀엽다고 하기엔 덩치 큰 개들이다. 그걸 보면서 아무렇지 않게 지나다니는 행인들이 내 눈에 오히려 경이롭게 보이는 건 왜일까?

버스 차창에 보이는 그들만의 공존

힌두교의 나라이니까 소를 위하는 건 외국인들이 무어라 말할 게재는 아닌 것 같다.

아침에 여물을 먹이고 나면 소들을 바깥으로 내몬다고 한다.

어쩐지 길거리에 소가 유달리 많다 했더니 집에서 세 끼니를 먹일 형편들이 되지 않아 점심을 외식으로 해결하고 오라고 내몰아 치는 거라 한다.

문제는 소들이 뒤지고 있는 곳은 새로운 건물을 짓기 위해 허물어 놓은 폐건축물들 사이, 그리고 대다수의 소들은 쓰레기가 덮인 하천 부근에서 먹이를 찾고 있다.

동물의 권리를 말하는 것은 아니지만 저렇게 말라 버린 하천에서 먹이를 찾는 살이 빠질 대로 빠진 마른 소들에게서 하루에 한 번씩 우유를 짜낸다는 생각은 참으로 하고 싶지 않은 생각이다.

벌써 몇 끼를 밀가루를 반죽하여 구운 '란'이란 이름의 빵에 이름을 알 수 없는 카레 수프, 그리고 고기 구경이라고는 닭고기밖에 못했는데, 이마저도 수프에 찍어 먹자니 불에 구운 삼겹살 같은 고기가 생각나지 않을 수 없다.

하지만 인도란 나라가 부처의 탄생지이고, 힌두교(인도교) 그리고 힌두교와 이슬람이 합쳐진 듯한 시크교(2,500만 명의 세계 5대 종교) 신도들이 공존하다 보니 소고기와 돼지고기는 생각할 수도 없는 입장이다.

바짝 마른 소에게 알 수 없는 연민을 느끼면서 고기 먹는 생각을 한다는 게 아이러니하다는 내 모습을 보게 되지만, 그나마 현지인에게 분노가 생기지 않는 건 나도 모르는 불과 이삼일 만에 뭔가 인도의 생각과 방식에 공존하려는 마음이 든 탓일까?

인도 시내의 한 곳을 버스로 지나는 중 보도블록 공사를 하는 게 보였다. 아직 직업에 관한 미련이 남은 것일까?

서울시청 교통국에서 정년퇴직 후 7년 6개월의 시간을 도로

사업소에서 부르기도 어려운, '시간 선택제 임기제 공무원'이란 꽤 긴 이름으로 계약직 공무원을 지냈다.

그런 탓일 수도 있겠지만 차창으로 보도 공사 하는 것을 보며 일행들은 모두 어떤 생각을 할까?

'더운데 고생들 한다?' 아님 '일이나 제대로 할까?'

각자의 생각이 다르겠지만 나는 조금 현실적으로 생각했다.

'저렇게 더운 날씨에 힘들게 일하는데 급료는 누가 주는 것일까? 제날짜에 제대로 받을 수 있을까?'

인도에 대한 첫인상, 그리고 편견의 탓인지 아니면 모든 게 관리가 제대로 안 된다는 겪어 보지 않은 생각이었던 것 같다.

며칠 동안 본 인도의 모습은 처음엔 참으로 엉망이었다.

하루하루가 지나면서 비록 함께 어울리지는 않더라도 현지인들의 순수한 생각과 온화한 표정에 무엇이든 함께 공유하려는 마음을 읽고 이해하려다 보니 조금씩 그들에게 마음의 손을 내밀며 공유하려는 시간을 마음속 깊이 가지게 된다.

사람의 마음은 모두 같은 것인지, 아니면 부부란 오래 함께 살다 보면 닮아가는 것일까?

아내가 하는 말이 묘하게 가슴에 와닿는다.

"인도란 나라가 무질서한 것 같은데, 이삼 일쯤 지나니까 이상하게 그 무질서 안에 알 수 없는 질서가 보이는 것 같아요."

그래, 아내의 말이 맞다. 우리가 알 수 없고 눈에 보이는 건 아니지만 무언가 나름의 시스템화되어 있다는 것을 알 수 있다.

그렇지 않고서는 나처럼 고집이 센 사람이 이삼 일 만에 이리 쉽게, 동질감은 아니더라도, 공감을 느낄 수 있을까?

인도의 삶을 제대로 느껴 본다

세계의 미스터리, 역대급 사랑의 결정체라 할 만한 타지마할을 보았다.

뙤약볕 아래의 맨발에 파란 비닐 덧버선을 신고 차례를 기다리며 크나큰 기대를 안고 안으로 들어갔다.

밖에서 보던 우람찬 광경의 타지마할은 없고 아내를 사랑한 남자, 부부의 무덤만이 자리하고 있었다.

하지만 칭키즈 칸의 후손을 자처한 무굴제국의 왕은 왕비를 사랑한 게 아니라 한 여인을 진심으로 사랑한 것 같다.

얼마나 사랑했으면 왕비의 죽음 이후 하루 만에 왕의 머리가 백발로 변할 만큼 상심이 컸다고 한다.

또한 자신의 아내의 무덤을 짓고자 하였기에 국민들에게 세금을 하나도 걷지 않고 엄청난 경비의 사비를 들여 지었다고 한다.

존경이라기보다 사랑의 힘을 보는 것 같고 또한 인간의 사랑의 힘이 참된 역사를 남기는 아름다운 모습을 본 것 같았다.

코브라를 춤추게 하는 피리 부는 남자

인도의 선물

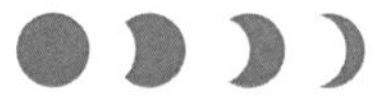

살아오면서, 아니, 앞으로 살아가면서도 겪어 보지 못하고 절대 잊지 못할 크나큰 선물을 인도로부터 받았다.

갑작스레 호텔이 변경되었다는 가이드의 통보를 받았다.

인도의 호텔들이 이러한 경우가 비일비재하다고 한다. 그래, 그렇겠거니 하는 마음으로 숙소에 도착해서 배정받은 방으로 들어선 순간, 이건 아니다 싶었다.

화장대 위의 뽀얀 먼지, 고장이 나서 냉기 없는 냉장고, 프론트에 전화하려는 나를 비웃기나 하듯이 먹통인 전화기. 암담한 현실을 함께 직시한 아내의 표정에서 상당한 짜증이 보인다.

이건 아니다. 강력한 항의가 필요할 것 같기에 일단 가이드를 찾고자 하여 바로 아래층에 있는 프론트로 가기 위해 엘레베이트를 타고 1층을 눌렀다.

조금 아래로 움직이더니 1층과 2층, 딱 중간에 걸쳐서 덜컹 소리와 함께 멈추어 버렸다.

투명유리 밖을 내다보아도 아무도 보이지 않는다.

"살려 주세요."

말이 뱉어지지 않는다. 아직 다급함이 부족한 건가? 승강기 벽을 몇 차례 두드려 보았다.

아무도 지나는 이도 없고 기척이 없다. 보다 큰 소리로 "도와 주세요!" 하고 좀 더 크게 외쳐 보았다.

3분쯤 지나자 에어컨도 나오지 않는 승강기 안의 열기와 긴장감, 그리고 불안함에 온몸이 땀으로 젖기 시작한다.

당황스러운 탓일까? 방에 있는 아내에게 전화할 생각을 못 했다. 한 번 더 고함을 치고, 벽체를 있는 힘을 다해 두드렸다.

갑자기 덜컹하더니 움직이기 시작한다.

여행의 일행 중 초등학생 아이가 3층에서 누른 것이다.

생명의 은인이란 기분이 들었다.

내려와서 구글 번역기에 욕설은 빼고 영어와 힌두어 모두 써서

항의했다. 이해를 한 표정인데 아무 말이 없다가 한마디 한다.

"I'm sorry."

짧지만 전달력은 확실한 쉬운 내용의 명쾌한 대답이었다.

큰 충격과 함께 세계 1위 인구, 인도의 현실이라고 해야 할까? 좌우간 이건 아니라는 것을 느끼게 하는 시간이었다.

길지 않은 일주일의 인도를 맛보고 떠나는 시간이다.

출국 수속을 하던 중, 내 앞에 서 있는 단출한 가방을 맨 한국계 미국인이 나에게 묻는다.

"한국에서 오셨어요?"

그렇다고 답하자 인도 여행이 어떠했느냐고 묻는다.

순간 대답할 말을 잊었다. 아니, 무어라 답해 주어야 하나? 하는 생각에 한순간의 시간이 지나고.

"무질서함과 청결 부분에 대해서는 한국의 60년대와 유사함이 많은 것 같네요." 하고 답하자, 긍정의 끄덕임을 보인다.

"선생은 며칠 지내다 가는 겁니까? 느낌은 어땠나요?"

"네, 나흘 있다가 가는 길인데 느낌은 선생님하고 같습니다."

대다수 같은 생각을 가지게 되는구나, 하는 마음에 한마디 덧붙여 주었다.

"나름대로 제법 많은 나라를 여행했는데, 대다수의 나라에서는 하루하루가 지나면 돌아가는 날이 가까워지니까 아쉬움이 생기기 마련인데, 이곳에서는 아직도 며칠이 남았구나 하는 약간의 알 수 없는 묘한 마음이 생기네요."

"공감이 가는 말씀이네요."

묘한 매력을 지닌 나라 인도

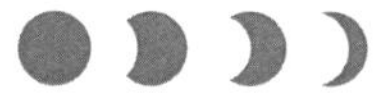

인도를 다녀와서 불과 3개월쯤 후에 뉴스에서 세계에서 4번째로 달 착륙에 성공한 나라 인도, 그것도 러시아 등 우주 선진국에서 실패한 달의 남쪽 부분에 착륙했다고 크게 나오는 것을 보았다.

감회가 새롭다는 느낌보다 참으로 알 수 없는 나라이면서도 미워할 수 없는 매력을 가진 인도라는 생각을 해 보게 된다.

PART 11

나의 영원한 소대장

재회

1998년 봄, 서울시청 서소문 별관 3층 사무실.

특별히 전화벨이 울릴 일이 없는 나의 휴대폰에 벨소리가 울린다.

적당히 굵은 남자의 목소리가 들려왔다.

"안녕하세요? 여기는 육군본부 ○○○실 대령 ○○○입니다. 혹시 77년도에 함께 군 생활 하신 권영재 중위를 찾는 글을 올리신 고재경 씨 맞습니까?"

아… 찾았구나. 대답도 하기 전에 벌써 가슴이 두근거리기 시작한다.

20년이 지난 시간인데. 그 당시 나의 소대장, 생각만 해도 가슴 뭉클함이 솟아오르고, 모든 기억이 새롭다.

국민 교육 헌장

1977년 봄, 1976년 10월에 육군에 입대하여 훈련소를 거쳐 처음으로 제대로 군대 생활을 시작한 곳이 바로 파주에 위치한 중대급 부대였다.

따블백을 풀기도 전에 경상도 말씨의 제대 말년의 병장이 나를 데리고 중대 행정반으로 데리고 갔다.

16절지 한 장과 볼펜을 주며, "똑똑하게 생겼네. 국민교육헌장 써 봐라." 하고 말했던 기억이 난다.

무어라 질문도 할 수 없는 이등병의 처지인지라 볼펜을 들고 한 줄 써 내려 가는 순간, 날아드는 한마디.

"야! 더 쓸 것 없다. 내가 발가락으로 써도 그것보다는 잘 쓰겠다."

대꾸할 말이 없었다. 어릴 적부터 악필이었던지라 어쩔 수 없는 노릇이었다.

나중에 들은 이야기이지만, 나를 좋은 인상으로 본 소대장의 명령으로 편한 보직의 중대본부 행정병으로 근무토록 해 주려고 했다는 것이다.

사람의 운명은 사소한 데서 출발한다는 것을 누가 알 수 있겠는가?

소대장 권영재 중위와 말년의 정철주 병장은 나의 무엇을 보고 생애 처음 만난 나에게 잘해 주려고 했던 것일까?

결국, 나는 행정병 대신 얼마 후 제대할 정철주 병장의 후임으로 소대장의 당번병으로 근무를 시작하였다.

주변의 동기생, 그리고 나보다 몇 개월쯤 빠른 선임병들은 나를 보고 잘 풀렸다고 약간의 부러움이 섞인 눈으로 바라보며 한마디씩 던졌다.

하지만 결코 그게 부러운 눈으로 바라볼 만큼 편한 보직이 아니었다는 게 현실로 다가올 시간은 그리 멀지 않았다.

대대 전술 훈련

부대로 전입한 지 2개월쯤 되었을 때, 대대급 훈련이 시작되었다.

훈련이 무엇이고 아직 무엇 하나 익숙하지 않은 시간이었는데, 난생처음 완전 군장을 하고 10킬로미터의 구보를 뛰었다.

살아오면서 평소에 운동을 좋아하지 않았던 나에게는 생각보다 힘든 시간이었고, 겪어 보지 못한 힘든 고통이었다. 결국 6킬로미터쯤 달렸을 때, 난 넘어지면서 논두렁으로 굴러 버렸다.

분대장, 소대장 모두 넘어진 내 곁으로 왔다. 모두를 본의 아니게 호들갑을 떨게 만들어 버린 것이다.

군화를 벗은 나의 발은 양쪽 발 모두가 심하게 물집이 잡혀 있었다.

그걸 본 소대장이 직접 바늘과 실을 가져와서 발바닥물집 잡힌 부위를 십자 모양으로 실을 묶어 주었다.

가슴 속 깊이 뭉클함이 오르면서 눈물이 핑 돌았다.

어느 누가 군대에서 이렇게까지 해 줄 수 있을까?

그런 후 곁에 있던 3명의 분대장들에게 소대장이 강한 어투로 명령을 내렸다.

“앞으로 분대장들이 여기 근무하는 동안은 이 친구에게 절대로 구보를 시키지 않도록 한다. 알았나?”

난 그냥 구보 중 넘어졌을 뿐인데, 권영재 소대장은 상당히 위험한 환자로 본 것인지 나를 군대 생활에서 모두가 힘들어한다는 구보를 그날 이후 면제시킨 것이다.

쫄병인 나의 입장에서 생각할 땐 굉장히 큰 혜택을 본 것이다.

분대별 산 정상으로 침투하는 훈련 과정에서 다른 분대원들과 달리 난 소총에 무전기까지 메고 좌우의 분대원들에게 오가며 정상으로 오르는 소대장을 따라가느라 더운 날씨에 얼굴이 익을 대로 익어 버렸다.

순간 당번병을 하지 말걸, 하는 생각이 들긴 했지만 나를 챙겨 주고 나를 진심으로 대해 주는 소대장을 생각할 때, 더 힘든 일도 견딜 수 있을 것 같았다.

소대장과의 인연이 좋은 인연이라면 그와 반대로 중대장과의 인연은 만남부터가 악연이었던 것 같다.

지금도 난 직장이든 어디서 처음 사람을 만나게 되면 '아! 저 사람은 뭔가 나와 잘 맞지 않는 사람이구나.' 하는 걸 느낄 때가 있듯이 그 당시 중대장은 처음부터 이 사람은 많은 것이 나와는 맞지 않겠구나 하는 느낌이 뇌리를 스친 것이다.

사단장과의 만남

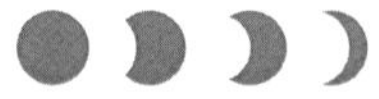

아마도 1977년 7월 초순쯤이었던 것 같다.

장마철이라 비가 많이 오는 날, 부대 앞 큰길에서 일을 보고 부대로 돌아가는 길이었다.

빗속 멀리서 노란 라이트를 켠 지프차 한 대가 다가오고 있었다.

순간 비록 이등병이지만 어깨너머로 들은 말은 있는지라, 노란 라이트의 지프차는 대대장, 연대장, 사단장급이 타는 차라는 말을 들은 바 있었다.

내심 단단히 마음먹고 앞을 보니 별이 두 개나 붙은 별판이 보인다. 물론 그땐 지금보다 시력이 좋을 때이니까 들고 있던 우산을 왼손으로 바꿔 들고 지프차가 가까이 다가왔을 때 큰 소리로 "백마!"라고 구호를 외치며 거수경례를 하였다.

나를 지나쳐 20여 미터쯤 간 지프차가 정지를 하더니 조수석에서 손가락으로 오라는 신호를 한다.

죄를 지은 것도 아니건만 괜히 가슴이 두근거린다.

다가가니 별 두 개가 모자에서 금빛을 발하고 있었다.

짧고 굵은 목소리가 "외출증." 하더니 말을 덧붙여 온다.

"군인이 우산을 쓰게 되어 있나?"

순간 뭔가 잘못되어 돌아간다는 느낌과 동시에 큰 소리로 답했다.

"아닙니다. 시정하겠습니다."

하지만 대답과 동시에 나의 외출증과 함께 지프차는 떠나 버렸다.

힘없이 터덜거리며 부대로 들어와 소대장에게 보고했다.

소대장의 첫마디는 이러했다.

"걱정 마! 별일 없을 거야. 사단장이 무슨 이등병 데리고 우산 타령이나 하는지…."

역시 내가 믿을 수 있는 분이었다.

잠시 후, 함께 중대장에게 보고하러 갔다.

그사이에 벌써 중대장에게 연락이 왔었나 보다. 그야말로 길길이 날뛴다는 표현이 딱 어울리게 언성을 높이며 한마디 한다.

"이 새끼 당장 영창 대기시켜!"

항상 소대장을 믿고 있는 마음이 있어서인가? 이등병답지 않게 별다른 두려움을 느낄 수 없었고, 오히려 큰소리치고 있는 중대장이 재미있어 보이기까지 했다.

순간 아무런 말 없이 듣고 있던 소대장이 갑자기 입고 있던 군복의 중간쯤을 잡더니 좌우로 힘차게 벌리면서 우두둑 소리와 함께 단추가 날아가고 군복이 찢겼다.

"이 친구 영창 보내려면 나부터 먼저 보내시오! 나가자!"

육군 중위가 대위 중대장에게 감히 큰소리치며 일종의 항명을 한 것이다. 아니, 어쩌면 사단장에게 항명을 한 것이나 다름없는 행동을 한 것이다.

그것도 보잘것없는 이등병, 말단 이등병인 나를 보호하고자….

이런 사람이라면 진심으로 믿고 따를 수 있고, 충분히 충성할 가치가 있는 사람이다.

그 후, 그분이 대대로 발령이 나서 떠나기 전날, 우리 소대원 모두는 한마음이 되어 조촐하나마 송별식과 함께 진심으로 소대장이 떠나는 것을 아쉬워했다. 그리고 얼마 후, 육군사관학교 출신의 엘리트 장교답게 빠른 시간에 대위로 진급하여 중대장으로 발령받아 근무 중이라는 소식을 들었다.

강재구 소령

(Billy don’t be a hero)

초등학교 시절 주변의 부하들을 살리고자 떨어진 수류탄 위로 자신의 몸을 던져 산화한 참된 군인을 우리는 얼마나 존경하면서 가슴에 안고 살았던가?

여기저기서 소식이 전해졌다.

구보 훈련 중 내리막길에서 브레이크가 고장 난 덤프트럭이 내려오고 있었단다. 군가를 부르며 구호를 외치며 뛰는 중대원들에게 맨 뒤에서 뛰는 중대장의 “비켜라!”라는 외침은 들리지 않았다.

순간 나의 영원한 소대장은 무슨 생각을 했을까?

맨손으로 덤프 트럭을 막으려 했을까?

당신은 별을 달아야 하고 할 일이 많은 사람입니다. 영웅이 되지 말아요.

하지만 그는 별을 달기보다 부하들의 생명을 소중히 여겼나 보다.

아니, 그는 인간다운 삶을 추구한 것이다.

별을 달지 못하더라도 당당하고 떳떳하게 살기를 바란 것이다.

구보 행렬의 맨 뒤에서 부대원들을 있는 힘을 다해 힘껏 밀치며 자신이 넘어지고, 덤프트럭은 그의 발을 짓누르고 내려갔다.

자신 외에는 다친 사람이 없다.

그는 자신의 할 일을 다 한 것이다.

그를 진정한 강재구라 칭하고 싶다.

그 이후 나는 근무하던 북쪽 끝 임진강을 떠나 남쪽 끝 벌교로 가서 남은 군 생활을 마친 후, 1979년, 제대를 했다.

그리운 사람

육군본부에서 온 연락을 받았다. 그것도 참으로 내가 운이 좋은 사람인지 소대장의 동기생(대령)이 부서의 담당자로서 내가 소대장을 찾는다는 글을 읽고 연락을 해 준 것이다.

20년이 지난 시간인데 그를 알아볼 수 있을까?

낮에 통화를 하면서도 꿈만 같았다.

진작 이렇게 찾아보지 못하고 마음만 애태운 내 스스로가 바보 같았다.

찾아간 사무실은 꽤 넓고 직원이 많았다.

전 세계 낚시인들의 70%를 차지한다는 일본 낚시회사의 한국 총판을 운영하고 있었다.

대표실로 가서 본 소대장의 모습은 변함이 없었다.

나이 마흔이 훌쩍 넘은 내가 눈물이 날 것 같았다.

할 말이 많은 것 같았는데, 말이 나오지 않고 목이 메어 왔다.

소대장 역시 나를 찾았단다. 나와의 만남이 그도 얼마나 반가운지 한마디, 한마디 말투에서 진정이 느껴진다.

그의 회사 뒤편에 자리한 일식집으로 갔다.

식당의 사장을 부르더니 이런 말을 했다.

"내가 오늘 참으로 반가운 사람을 만났어요. 20년 넘게 나를 만나고자 나를 찾은 사람입니다. 나는 오늘이 또다시 태어난 것만 같은 기분이에요. 그러니 오늘은 기분이 좋은 날입니다. 여기 일하시는 분들 모두 불러 주세요."

서빙 하는 분들, 특히 주방장을 불러 일일이 봉사료를 건네주었다. 그리고 사장까지. 모두에게 말이다.

"내가 오늘 기분이 좋습니다. 그러니 오늘 이 집에서 최고로 맛있는 것으로 잘 부탁드립니다."

내가 찾기를 얼마나 잘했나 싶은 마음이 들었다.

술잔이 빠르게 움직이고, 그가 하는 말이 또 나의 가슴을 먹먹하면서 진한 감동을 준다.

"실은 나도 자네를 찾았어, 찾을 방법이 없고 해서 잘 안 보는 드라마를 좀 봤네. 자네가 아무래도 노래도 잘하고 해서 언젠간 텔레비전에 나올 것 같았지. 가수로 나오든지 아니면 탤런트로 방송 출연을 할 것 같아서 텔레비전을 많이 봤다네."

우습기도 했지만 '아…! 소대장도 내 마음과 다를 바 없었구나' 하는 또 다른 감동을 느꼈다.

20년의 세월이 지났지만 그의 올바르고 곧은 성품은 변함이 없었다.

내가 서울시청 교통국에 근무를 한다며 명함을 드리니까, 이러한 말씀을 하셨다.

"지금 우리 사무실에 전국으로 출장 다니는 봉고차가 약 20여대가 있는데, 지난 10년 동안 불법 주정차 스티커 한 장 끊지 않았어. 나의 경영 철학이라기보다 법규에 위반되는 일은 하지 마라. 그리고 영업 이익보다 다른 부수적 비용이 더 나오더라도 정해진 장소에 주차하고 걸어가라."

그래, 내가 이 사람을 찾은 이유는 바로 이러한 사람이기 때문이었다.

25년 전 이 사람은 바로 오늘과 한 점 다르지 않은 사람. 이처럼 올바른 사람이었다.

그날 이후 얼마의 시간이 지나고, 세 명이 같이 모였다. 권영재, 나, 정철주. 우리는 25년 전으로 돌아가서 그날들의 이야기로 과거에 취했었다.

얼마 전 수지에 있는 그의 사무실에 모처럼 발걸음을 했다.

이제 연 매출이 600억대에 달하는 중소 기업인이 되어 있었다.

마치 성실함은 모든 거짓과 비상식을 이긴다는 것을 알리는 기업의 정석을 보여 준 것이다.

함께 점심에 반주를 한잔하고 헤어져 집에 오는데 변치 않는 사람을 만나고, 존경하는 소대장의 건강한 모습을 본 것이 마음을 푸근하게 한다.

내 곁에는 좋은 사람들이 참으로 많다.

그중에도 성실함과 올바름의 대명사라 할 수 있는 소대장 같은 사람이 있다는 것은 나의 큰 복이라 할 수 있을 것이다.

나와 같은 세상에서 함께해 주어서 고맙습니다.

나의 영원한 소대장!